[日]恩田陆——著 孙科——译

消逝的谎言

中国工人出版社

1

这可能是一个关于一张照片的故事，当然，也是围绕着某个男人死亡之谜的故事，还是一个与山有关的故事。同时，这个故事还侧面描写了一对男女的别离。

关于照片，就在前些日子我有了一些不同寻常的体验。

那次，为了消磨等人的时间，我走进了一家书店。书店的柜台上，有一本书的封面吸引了我的目光。

那是一张很有名的照片。

照片的内容是在一片田野上，有三个穿着正装的年轻男性走在一段已经被踩实了的道路上，而这三个人正在回过头来看向镜头。

照片中的三人回头看时摆出了一副奇怪的表情。当然，他们是看着正在拍摄的摄影师。但可能是因为他们是在走路的时候被人从后面叫住了，所以回头看的样子，让我感觉他们是在注视着正在看照片的我。

二十世纪初，摄影家们为了记录各种阶级和职业的市民而拍摄了许多照片，这便是其中一张。这三位年轻农夫的目光跨越了时光，即使他们早已离开了这个世界，可他们的目光仿佛与身处二十一世纪的我相汇了。

这种若有似无地对视让我有些许的感动，但这种感动并不是因为我感到了什么不同寻常，而是因为我在看到这张照片的瞬间，就产生了一种强烈的似曾相识感。

我，曾经见过这样的表情。与这张照片里的情景相同，曾有几个人摆着相同的表情、姿势回头望着我。这种既视感太过强烈，以至于我的身心都受到了强烈的震撼。

不，现在可不是考虑这些事的时候。眼下，我必须要为后面的谈话做好准备。

因为，这还会是个关于一对男女别离的故事。

我之所以能如此断言，是因为那对男女，正是指的我和我眼前的这位姑娘。

今天晚上，我们要在这间房间内共度最后一晚，到了明天，我们就将各奔东西。

初夏时节，敞开窗户，时而会有宜人的凉风吹入。在夜晚时分打开窗户，总是会有种与自然融为一体的奇妙感受，这种感受使我的不安得以释然。

行李基本上都已经都搬出去了，家里显得空落落的。

而现在，我们把她的行李箱横在中间当作了桌子，正面对面坐着。

虽然没有坐垫，但坐在凉凉的榻榻米上感觉也很好。

被褥什么的也都已经搬走了，看来今天晚上我们只能挤挤凑合着睡了。

明天一大早，就会有很多相关的工作人员来关停我们的煤气、水和电。这些都处理完之后，我们便会把手里的钥匙还给房产公司，走出大门，真正地各奔东西了吧。

这些天忙着搬家，我们甚至没能好好地说说话。我常常会想，人们总是到真正开始搬家时才会发现，搬家这种事，就是要不停地收拾到最后一刻。就连我们这小小的两居室公寓，往外搬东西的时候才发现，原来这房子里竟塞进了这么多东西，真是让人瞠目结舌。所以这一星期里，我们俩一直在不分昼夜地收拾自己的行李，全都筋疲力尽，彼此之间连面都没怎么见到。

但是，我和她都认为还是要找个机会好好谈谈。如果不这样的话，我们恐怕都无法顺利地迈入各自的下一篇章。

舒服的晚风透过纱窗潜了进来。

这令人心旷神怡的微风，仿佛在抚摩我们的脸颊。

这座公寓位于一条小河和儿童公园之间，我们的房间就在二楼的尽头处。窗外能够看到旁边公园里的绿色植物，让人心情愉悦。到了秋天，那时的金桂花还会散发出强烈的香味，甚至能掩盖住家中食物的味道。从我的房间里望出去，还可以看到公园里立着的钟表，我想看时间的时候总是会望向那座钟。

4

“这里已经完全搬空了啊。”

她轻声地说了一句。

的确，空荡荡的房间看起来大了不少。

不，其实房间里还留有一样东西。

虽然我们都尽量不去看这东西，但它却十分有存在感地碍眼。

留在墙上和地上的痕迹像亡灵般宣告着家具曾经的存在，但也只是虚影。其他灯具都已拆下，只剩天花板上还吊着一个灯泡。

即使如此，房间也已经足够明亮了。

我们不知怎么就开始做起了晚餐的准备。

她负责买菜，而我负责买酒。

装着我们行李的卡车嘎啦嘎啦地拐过了街角，离开了我们的视线，而我们也要为这最后的夜晚做准备了。但不知为何，我们并没有一起行动，而是自顾自地走进了商业街。

彼此的喜欢其实早已互相了解。我为她买了她喜欢的高度数红酒，她则去超市买了我喜欢的春雨沙拉。

我们都预感到了，今夜会是个漫漫长夜。

为了应对这场“持久战”，她还买了些奶酪和橄榄，而我还准备了高度数的烧酒和矿泉水。

摆上买来的饭菜，菜的味道冲进鼻子，抵消了轻柔的甜甜的夜风。

我忽然感觉身体里的某处觉醒了，某些阴暗的回忆仿佛毒蛇昂起了头颅。

这种感觉似乎也传染给了她，我们准备晚餐时不难感觉到她小心翼翼地紧张感。之前伪装的平稳假象，正在逐渐龟裂崩溃。

即便如此，我们也还是笑着举起罐装啤酒干了杯。

虽然我们都有些“心怀鬼胎”，但表面上还是言笑晏晏。

“真是个舒服的夜晚啊。”

她看着窗户说道。

不，应该说是看着窗外的某个东西。

“嗯，我觉得现在是一年里最好的季节。这之后很快就是让人难以入眠的热带夜[①]了。”

“对对，去年也热得不得了。”

我们进行着没什么意义的对话，各自斟酌着提起话头的时机。

十分了解对方感受的我们，也曾有过蜜月期，但也时常会有激烈的“神经战”，最近还是后者占了多数。不管哪次争执，最后都会变成没完没了的消耗战，这也是我们分手的一个原因。

她拿出了一次性筷子。

我们掰开筷子，向着行李箱上摆放的饭菜伸了过去，气氛很是和睦。

“今年夏天你准备去哪里吗？”

她委婉地问起了我。

---

① 日本气象用语，指夜间最低气温在25摄氏度以上。

“现在还没想好，我还有各种会要开，会很忙，还不知道能不能休暑假。”

我也并没有正面回答她，以作还击。

“反倒是你，后天不是要去越南吗？你打算就这样消磨掉今年的暑假吗？”

“还不好说呢。我打算分次休假，九月份可能还会去别的什么地方。”

她明天会在朋友家住一晚，然后第二天好像会和那位朋友一起去越南旅行。眼前这个被用作餐桌的行李箱里，大概装满了她为愉快度过假期所准备的东西吧。

我想起了她站在海边时的样子。

记得那时她好像穿着越南奥黛，戴着一顶白色的像草帽一样扁平的帽子。她的表情，藏在了帽子下的阴影中，让人看不清楚。

我一边把春雨沙拉分到纸盘子里，一边思考着现在的状况。

我和她正在进行一场无声的角力，就像是在做“抢椅子”游戏。我们一边斟酌着坐上“椅子”的时机，一边又在围着“椅子”兜圈子。

即使坐上了“椅子”，对我们来说也不是获得了什么荣誉，倒不如说我们都更希望对方能坐上那把“椅子”。但真要是那样了，还是会有点莫名的恼火。

“你的头发，长了呢。”

我说完之后，她先是露出一副意外的表情看着我，然后微微地笑了。

“干吗突然说这个？”

“因为最近都没怎么细看你，我还以为你的头发还很短呢。”

“因为刚长了一点的头发很碍事，所以我一直都扎了起来。像现在这样散着头发，说起来也算是久违了。”

她说着把剩下不多的罐装啤酒一饮而尽，头发也随着晃了下。

她的发色是淡淡的茶色，发丝很细。

她一直以来都是留着短发，现在头发不知不觉间竟已经可以搭在肩上了。她那白皙的额头上，有几根头发从发际线垂下，遮在了眼前，画出一道柔和的曲线，看上去美极了。

看到她现在的样子让我内心有些震惊，毕竟我已经很长时间没有从正面看过她的脸了。

“那个女孩还好吗？嗯……叫什么来着？”

她漫不经心地看着我问道。

我没能回答上来。

“算了，应该还挺好的吧。”

“没关系的，你不用隐瞒。”

她面无表情地嘟囔着，好像是在说给自己听。

“替我向她问个好吧。”

她说完这句话后，像是对这个话题失去了兴趣般又闭上了嘴。

我们又开了一罐啤酒。

8

是的，“我们的故事”中的女主角，并不是之后会和我一起生活的那个女孩，而是我眼前的这位姑娘。

这一切是从何时开始的呢？这个故事又要从何说起呢？

这一切，果然还是，开始于那张照片。

“最近，我看了一部电影。”

她拿着啤酒对我说道。

从刚才开始她就没有再看我了。她的视线一直向着窗外，时不时地想起来，才会瞄我一眼。而我，则一直在盯着这个没在看我的姑娘。

“在电影院里吗？”

我问完后，她轻轻地摇了摇头。

“不是，有天晚上在电视上看的。”

她自言自语般地回答道。

“是以前的那种黑白电影。有四个无聊的大学生，在一间像这样的一居室公寓里吵吵闹闹。然后不知道是谁提出，要打开煤气的开关，比赛看谁能在煤气中坚持的时间最长。”

“这样肯定会死啊，还有可能会爆炸。”

“但是这些人都觉得有趣所以就同意了。他们规定，谁坚持不下去从房间里出去就算输，最后一个还留在房间里的人就算赢。”

我开始有些感兴趣了。

“最后怎么样了？”

“我忘记了。”

她不假思索地答道。

“是日本电影？”

“没错，是黑白电影，很短。好像只有八十分钟吧。基本上拍的都是大家在房间里忍受煤气的场景。

“这样啊。”

我注视着她。

她现在坐在“椅子”上了吗？夜晚就要真正开始了吗？

在这高度紧张的情况下，我不由自主地颤抖了起来。为了消除这种紧张感，我猛地站起来。她疑惑地看向我。

“怎么了？”

“刚刚忘记买烟了。我再去买一趟。”

她用目光上下打探着我，但很快就移开了视线。

“是吗，那可以顺便再买瓶绿茶回来吗？”

“好啊。你是要五百毫升的？还是要大一点的？”

“买大一点的吧，你也要喝的吧？”

“我知道了。”

我把钱包塞进了裤子的口袋，快速出了门，飞奔进夜色中。

我抑制住想要大声喊出来的冲动，用力地深呼吸起来，初夏潮湿的空气被深深地吸进肺里。

温柔的黑夜将我紧紧地包裹起来。我站在公寓前享受着这种感觉。

我从衬衣胸前的口袋里，拿出一个皱皱巴巴的烟盒。

10

其实我还有几根烟。但是刚刚无论如何我都想在她面前逃开，所以我跑了出来。当然，这种心情她应该也能理解。她也知道我是因为还没下定决心，没有做好心理准备，才以买烟为理由跑出来的。

我一边慢悠悠地走着，一边点着了烟。

冷静，这是最后的机会了。她现在应该已经坐上“椅子”了，这一夜已经正式开始了。

今夜，我到底能否让她坦白呢？不，我必须要让她说出一切。

商业街的灯光在远处若隐若现。

今夜，我究竟能不能从她的嘴里撬出，她杀了那个男人的事实呢？

2

他去买烟了，听到门关上的声音后，我的身体瞬间松懈了下来，躺在榻榻米上，长舒了一口气。

我并不是累了。就像他无法忍受这令人窒息的气氛而跑出去一样，我一想到这夜的漫长就想大声喊出来。

榻榻米上凉凉的触感让人很是舒服。

在这空落落的房间里，我躺在榻榻米上，看着自己的手臂和头发，心中不由生出种奇妙的感受。

一般来说，家具搬出去后会显得房间很大，我却觉得这空间还是很狭窄。这间房子里曾经有那么多的家具，还生活了两个人，如今却空空如也。我甚至想问出“这一切都是真的吗？”这样的话。

房间里弥漫着没吃完的春雨沙拉调味汁的味道。

为什么外面卖的饭菜味道会这么浓呢？逛商店的时候，我总会买这买那的，但最后都会吃不下，以至于剩下许多。 还好明天是回收可燃垃圾的日子，早上我们离开这里的时候还能把垃圾扔出去。

12

我在榻榻米上悠闲地晃着脑袋，看着那个被当作餐桌来用的行李箱，上面满是划痕。我伸出手，轻轻地抚摩着那些划痕。

去越南的事儿是假的。

敦子的确会在后天去越南，而我会在她那儿替她看几天家。虽然敦子也邀请了我好几次，让我跟她一起去，但现在的我实在没有精力和别人组队去海外旅行。

小时候我就不擅长集体活动，就算没有人照顾，我一个人待着也没问题。可我知道大人们不喜欢这样，所以我一直装作很合群，而且伪装得很成功。但要我和别人一起行动还是相当费力的，在精神状态不好的情况下，和别人组团旅行对我来说只有痛苦。

敦子家境优越，还有着高收入，所以住在高档公寓里。接下来几天，在她那漂亮的房间里，我可以不用和人交流，尽情地消磨时光，一想到这些我就十分开心。

敦子要是走了，我会高兴地在地板上打滚的。

我闭上眼睛，想象着自己正躺在敦子房间，还摆着和现在一样的姿势。

白色的窗帘随风飘动着，房间里很是明亮。一想到二十四小时后，我就会待在这样的房间里，心情就莫名地激动。

晃动的窗帘上透出的树影，像是有什么东西在那上面玩耍。窗帘被染成了绿色，变得轻飘飘的。

一瞬间，我仿佛置身于被耀眼阳光照射下的森林中。

突然一阵低沉的声音响起。

“总有一天，这一切都会分崩离析，你眼前的路也会消失的。”

一瞬间，一道刺眼的光芒射进了我的双眼，我猛地睁开眼睛。

当然，我还在这间公寓里，外面仍是初夏的夜晚。

天花板上吊着的灯泡射出了刺眼的光。

我感到背上流出了冷汗，便慢慢地从榻榻米上爬了起来。

我知道，刚刚的声音来自那个我以为自己已经忘掉的男人。

那个声音过于清晰，以至于让我觉得好像是真的听到了。所以我的身体一瞬间就僵住了。

我脑中残留的还都是刚才梦里的景象。

斑驳的日光投下了绿色的树影。这树影不停地晃动着，仿佛和我动摇的内心重叠了频率。

我伸手拿起没喝完的啤酒，咕咚咕咚地灌进了嘴里，希望这粗暴的动作可以让我忘掉脑袋里那不停晃动的树影。

我不停地往肚里灌着啤酒，以至于后来难受得打起了嗝。

多少还是有些效果的。但比起狂饮，好像还是尿意起的作用大些。

我不知道该不该现在就去上厕所。本来我打算在必要时，把上厕所当成中断和他对话的一种策略。在这漫长的夜晚，我想我一定会需要暂时中断和他对话，抽空来重新思考的时机。

我不知不觉地站了起来，晃悠悠地走向洗手间。

放洗衣机的地方已经空了。我抬起头看向洗手池上的镜子，看到了一位有着幽灵般面孔的年轻女性。我凝视着镜子里的这双眼睛，想起了刚才给他讲的老电影中出场的女人。

为什么我会提起那部电影的事呢？明明是一部想不起结局的电影，一部讲述又闲又傻的大学生们的电影。电影里的场景又浮现在我眼前，那个有着幽灵般面孔的女人在煤气的作用下，双眼迷离，口水横流。一定是因为那也是在房间里度过一夜的故事，导致我把我们现在的状况和电影情节混淆了。包括赌上性命地比拼忍耐力这个情节，也很符合我们现在的状况。

我回到了房间，慢慢地坐回榻榻米上。连我都觉得，自己现在的姿势像个断了线的人偶。

忍耐，这一年我们都在忍耐。那次旅行，那个男人的死完全改变了我们。我们之间的感情曾经那样深厚，却在短短几日间就分崩离析了。

这一年，我们就如同在沙漠中行走，每一步都会被沙子困住。我们仿佛永远走不到终点，脚步也变得沉重，心急如焚却无可奈何。

对于那件事我一直很怀疑他。许多次当我回过神后，才发现自己在观察着他的表情和目光。我不断地寻找着证据，渐渐地变得神经质了。

我脑袋里的某处，绿色树影还在晃动着。

没错，我一直都很怀疑他——一定是他亲手杀了那个男人。

最初我只是有些不安，随后不安渐渐加深，变成了怀疑。现在，我已经确信是他干的了，我甚至能想象出那个男人被杀时的场景。

最近，那个场景时不时地就会出现在我脑海中。有时是上班途中，有时是在自动贩卖机前买茶饮时，有时是在洗衣服时。那过于清晰的画面，总会吓我一跳，害我不得不停下手头的活儿。每当这时，我都更加确信我的判断，一定是他杀了那个男人。

虽说如此，但我并不打算告发他。那个男人死了，被定为是意外事故。我也完全没有重提旧案的想法了。

但我真的太想知道他到底在想什么了。

又有一个声音响了起来。

“您好，常听他提起您。”

一个留着娃娃头脸很小的姑娘出现在脑海中，朝我鞠了个躬。我记得这姑娘是他社团的后辈。她脸上有着可爱的酒窝，似乎没有化妆，看起来就像是颗有机栽培的新鲜水果。

他离开这里后，就会和那个可爱的女孩一起生活。听说那女孩先搬了过去，正在他们未来的家里等着他。

当我听说他俩的事后，对他表示了祝福，并向他问道：

“你们不打算举办婚礼吗？”

他想了想，说：“等一切都安定下来再说吧。”

我一直都在思考，他这句话到底是什么意思。

他要等什么安定下来？怎么做才能安定下来了？

等一切都安定下来再说吧。

每当想起他说这句话的声音时，他那故作温柔的表情也随之浮现。他和我一样，善于隐藏自己的情绪。越是有什么激烈的纠纷或是想要隐藏着什么秘密时，他就越能展现出温柔的笑容。

我曾经为他这个本领感到惊叹，产生共鸣，甚至还怀有些尊敬之情。但现在，他的那个笑容只会让我感到未知的恐惧。

自从我下定决心要离开这间屋子，与他各自过不同生活的那时起，我就有些恐惧。我再也不想这样和他一起生活下去了，我强烈期待着分开的那一天的到来。但同时，我也有些害怕。

如果那一天真的来了该怎么办？

我不可能把那些话憋在心里，也不可能带着疑惑离开这里。

他会告诉我真相吗？即使他坦然告诉我一切，我也绝不会去告发他的，他会相信我吗？但就算了解了他那阴暗刻薄的一面，我又能得出什么结论呢？或许在他看来，我不过是他开始新生活的障碍罢了。

如果是这样的话，那今天晚上不就是除掉我的最好时机吗？

离开公寓之后，我们就再也没见过了。

说着这些话的他的表情又浮现在我眼前。

我之所以总提起去越南这件事，其实是为了暗示他，一旦我缺席了这次越南行时，我的朋友们会找他抱怨，给他带去麻烦。同时，也能向他表明，就算没有他，我也会享受生活。他别想随随便便把我甩了，就能跑去和别的女孩开始新生活。

我这样想着，仿佛又听到了另一个自己的声音。

干脆，今天晚上就把我杀了，让我的人生在今晚终结吧。

风轻柔地拂过脸颊。

我望向窗外无边的黑暗。连窗外的风，看起来都像是来自死亡的邀请。

这也算是一种结局。我心里这么想着。

我在孩提时就曾察觉，我有时总会突然变得很没心没肺的。我总能把自己的痛楚像事不关己般地消化掉。如果一切都不存在就好了，如果我能抹杀掉自己的存在就好了，这种想法总会不断向我袭来。

比如会想到去死，又比如会想到逃离。

即使我选择了无数结局中的任何一种。

世界也依旧会继续运转。

我以很狼狈的姿势爬向窗边，凝视着纱窗外的黑暗。

那个男人死了，而今晚我也会被他杀死，然后被随便埋在什么地方。但就算我变成了尸骨，他还是会和那个女孩开始新生活，世界还会继续运转。

行李箱上的春雨沙拉也不会记录下我们今晚的对话，只会被处理掉。如果说我的死是一种结局，那被倒掉的春雨沙拉不过是无数个可有可无的泡沫之一罢了。

体验过无数次的那个瞬间又袭来了，我又感觉到自己的没心没肺，身体也变得沉重了。

呼吸变得有些困难，我大口地吸着透过纱窗吹进的风。

窗外的那个小小的儿童公园，在视线中变得遥远起来。

那里曾经是我们的花园，或者说是我们的阳台。

我们二人很相像，真的太像了。

我仿佛又听见了他兴奋的声音。

我和他夜里睡不着的时候，总会去旁边的这个公园，坐在秋千上喝啤酒。我们在昏暗的公园里一边荡秋千一边聊天，关系也越发亲密起来。有些在家里说不出口的话都可以在公园里诉说。我们刚开始在一起生活的时候，经常会在外面聊上好几个小时。

他的头发在路灯的照耀下更显眼了。秋千晃动着，发出了微弱的嘎吱声。

或许，他的手里会捏着一罐冒着“汗”的啤酒。

也许，现在才是我们最应该坐在秋千上，一起聊聊一年前那件事的时机吧，但我们再也不会一起坐上那个秋千了。

小的时候，玩秋千是要排队的。而现在，秋千却在等着人来。判断一个人是否长大，就看他还会不会排队等着玩秋千。

我们还真是走了很远啊。那么今夜，我们又会走到哪一步呢？

我条件反射般地挺直了身体。

他回来了。

我的身体总会在听到他的脚步声时有所反应，我能瞬间感知到他在上楼梯。

房门的门锁转动了，咔嚓一声，门开了。

“你回来了。”

我故作镇定地笑着，迎接着这个可能想杀了我的男人。

3

装着瓶装绿茶的塑料袋很重。

我正要打开门锁，才注意到拎塑料袋的手指已经被勒出了痕迹，手也凉凉的。

吃的东西有这么重吗？

我第一次产生这种想法，是在高中毕业搬进公寓住的时候。那时候没什么钱，为了省钱，我都尽量自己做饭吃。我从小的时候起就不怎么喜欢吃那些快餐，可能在现在这个时代算是比较少有的吧。

土豆配洋葱，卷心菜配苹果，色拉油配金枪鱼罐头。

食物是有生命力的东西，而有生命力的东西就会有这么重的分量。

我总是会一边想着这些乱七八糟的，一边去附近的超市买东西，慢慢地就习惯了自己做饭。

我不讨厌做饭，所以我一般会买很多食材，然后很认真地给自己做饭吃。

记得有一次，去同社团的朋友家玩，他的生活方式让我感到震惊。

他很喜欢玩小钢珠，家里的生活用品大部分都是玩小钢珠赢来的奖品。而且他还喜欢吃速食品，在家里吃的全是方便面或者现成的食物。

“我们去买东西吧。”

他去逛超市时，也只会买些方便面和零食，把购物袋装得鼓鼓的。当我接过购物袋时，就发现这袋子轻得很。

这些就是没有生命力的食物啊。

朋友满心欢喜地向我介绍着方便面的新品，我才从这种想法中回过神来。

“你回来了。”

漆黑的走廊深处，她正站在那看着我。

是充满了生命力的她。

为了避开她的视线，我低着头脱下了鞋，然后走进了房间。家里太安静了，沉重的氛围压得我喘不过气，我开始想念外面的新鲜空气了。

“买烟了吗？”

“嗯。”

我点了点头，把塑料袋里的瓶装绿茶和一瓶碳酸饮料拿出来摆到她面前，又敲了敲我胸前口袋里的烟盒。塑料袋已经湿了。

“你还买碳酸饮料了啊？很重吧。”

“嗯，手都快勒断了。”

我把有些僵硬的手张开给她看，手掌里还有塑料袋勒出的痕迹。

“墙上已经没什么痕迹了呢。”

她像是回答我一样，把手撑在榻榻米上，抬头看着天花板。

她说的是烟熏的痕迹。的确，虽然家具都搬出去了，但墙上也看不出有什么明显的痕迹。只有木质天花板上还有些不显眼的污痕。

“因为你比较注意这些吧，每次想吸烟的时候都会去公园。”

她既不吸烟，也不喜欢女孩子的头发和衣服上沾染烟味。我也只有在喝酒之后或者工作告一段落时才会吸烟，而且基本上没在房间里吸过。

但今年一年，我吸烟的频率急剧增加，现在一天一盒也不够了。

没错，就是自那次旅行之后开始的。从那之后我变得烟不离手，在公园里吸烟的时间也长了很多。她现在应该知道了，那不过是我为了逃避她而找的借口。

她伸手接过塑料袋，又把袋子搓成细条，然后在中间打了个结。这样塑料袋就能存下来备用了。这是她的习惯，她整理时总是喜欢把东西都捆起来收纳。看到她那无意识的动作，我的脑海突然浮现出一个场景。

一个穿着蓝色格子衬衫的女人，蹲在草丛中。

是她。她一个人默默地蹲在草丛中，像是在干些什么。

她应当是在绑着什么——看上去像是在制作陷阱。

是的，制作陷阱不需要特别的工具，只要能把人成功绊倒就行。之后再把陷阱的痕迹清除掉，就可以伪装成意外事故了，这很容易就能办到。以前我去学校的林间夏令营时，也遇到过这种把草打成结的恶作剧。有些乱跑的家伙就会被这种简单的陷阱绊倒。尽管是如此无聊的恶作剧，也总会有人中招。

“其实，我丢了一只耳环。”

她突然开口说话了。

“耳环？”

“嗯，可能是收拾东西时弄丢的。”

她这么说着，好像又不想继续深入这个话题。

“如果丢的是珍珠耳环，那就和松任谷由实那首歌一样了。”

“没那么高级，只是个普通的耳环。”

她把头发往上撩了撩，露出了左耳。平时总戴着耳环的位置上，现在只剩孤零零的耳洞。不知为何，我看着那耳洞，有些心神不宁。那小小的耳洞，像是有生命一样，让我无端地觉得有些残忍。

“你丢的耳环，就是你平时戴着的那个？”

“对。”

“什么时候发现不见了的？”

“今天早上。”

她总是戴着一副透明的石质耳环，那耳环小小的，不怎么起眼。没想到她把那副耳环弄丢了。我开始在榻榻米上四处寻找。

“是不是丢在那一片了？那耳环小得就像个沙粒，很有可能掉进榻榻米的缝隙里了。”

“也有可能掉在哪个纸箱子里了。”

听她说话的语气，好像是已经放弃了，对找回耳环也不抱希望了。

突然，她又像想起了什么似的，对我说：“你刚才说的是松任谷由实的那首《珍珠耳环》？”

她瞥了我一眼。

我有些后悔提起松任谷由实的名字了。现在想想，我们现在的状况，简直和《珍珠耳环》那首歌里写的一模一样。

“之前我和朋友对这首歌的歌词理解有些分歧，你知道的吧？”

“嗯。”

我高中时的女朋友是松任谷由实的忠实粉丝，收藏了她的全部专辑。很早之前我知道松任谷由实人气很高，但并没有觉得她的歌声有多么美妙，我甚至不明白她为什么会受到大家的追捧。我那位前女友借给我的第一部专辑是 *PEARL PIERCE*。因为是女朋友推荐给我的，我才勉强听了听。但听完之后，我便完全折服于那美妙的旋律、优美的歌词和松任谷由实那极具冲击力的歌喉。从那之后，我便主动借来了松任谷由实的其他专辑。所以，我对《珍珠耳环》这首专辑主打歌十分熟悉。

“那首歌里，有这么一句歌词。”

她说着，便唱了出来。

我把其中一只扔在了他床下

啊……我的珍珠耳环

她唱的声音不大，但音调很准——这首歌，简直太符合我们现在的状况了。我也回想起了另外几句歌词。

当你要和那可爱的女孩儿搬家时

就会发现吧

她淡定地继续说着。

“男孩就要和女孩分手了，女孩最后一次来到男孩房间时，把一只耳环扔到了男孩的床下。这首歌就是讲述了这样一件事。”

我也像她一样，面无表情地问道：“这首歌怎么了？”

“简单来说，我和朋友在关于这个女孩有没有留下另一只耳环上起了分歧。”

“所以呢？”

我还是不明白她的意思。

她又开了一罐啤酒，喝下一大口。她好像还没有要喝红酒的意思。

“我对这首歌是这么理解的。这副耳环，应该是在两人热恋时，男孩买给女孩的。但在这之前，女孩就已经开始在为两人的未来而担忧。果然没过多久，两人就要分手了，而且没有和好的可能。男孩将要和别的女孩开始新的人生了，女孩觉得自己永远也不可能再戴上这副耳环了——男孩大概也不会再用上她送给他的礼物了，不管那礼物多么昂贵、多么适合他。”

她突然盯着我看，我只好苦笑着点了点头。

她哼笑了一声，继续说道：

“所以，女孩也要把这副耳环处理掉。女孩应该会跑到充满了两人美好回忆的地方——可能是海边，也有可能是男孩把耳环送给自己的地方——然后把其中一只耳环扔掉。接着，女孩会去男孩家里，一起度过两人最后的时光，再把剩下的一只耳环扔到男孩床下。所以我认为，女孩手里已经没有耳环了。”

“原来如此，我明白了。”

我终于理解她的意思了。

“也就是说，扔在男孩床下的耳环，是剩下的一只，另一只已经被女孩扔掉了。”

“没错。”

她高兴地使劲点了点头。

“但是呢，我朋友却认为我想得太多了，她觉得女孩只不过是在男孩床下扔了一只耳环而已。”

“所以你朋友认为，女孩手里还留有另一只耳环。”

“是的。如果仔细看看歌词本，‘我把其中一只’和‘扔在了他床下’这两句词是连在一起的。我朋友就把这点当作证据反驳了我。她说如果真的是我理解的那样，那‘我把其中一只’和‘扔在了他床下’两句词之间应该留有空格才对。”

“哦，很有道理。”

我现在的心情十分复杂。一方面，我很佩服她们两人，她们对歌词的研究着实让我有些震惊。而另一方面，女孩子们竟然对松任谷由实的歌迷恋到这种程度，这又让我感到有些可怕，也感到很有趣。很久以前，我坐新干线去外地出差，那时候松任谷由实刚推出精选专辑，车上就有好多稍年长些的女性听着专辑，沉浸在了自己的世界里。我当时就觉得这样的场景还真有点吓人。

“但是这首歌后面不是还有几句歌词吗？”

她看上去好像对我认同了她朋友的观点有些不满意，故意提高了嗓门，大声唱出了那段歌词。

有些东西，如果丢掉了一半

也就没有用了

“这两句就是在说，因为已经丢掉了一只耳环，留着剩下的一只也没有用了。”

我对此表示怀疑。

“这两句也可以这么理解，女孩已经把自己一半的心留在了男孩那里，所以女孩再也回不到从前了。这么解释比较直接吧？”

“哼，没想到你还挺有浪漫情怀的嘛。”

她目不转睛地看着我，好像真的对我刮目相看了。

“就算和你一起生活了那么多年，也还是没能完全了解你啊。”

她自言自语地说道。

我还有她不了解的地方。当然，没有谁能彻彻底底地了解一个人。不如说，对于他人能了解到的部分才是屈指可数。有些人甚至都不了解自己。我对她也完全不了解。哪怕是曾经以为对她了如指掌的地方，现在也不敢保证那是她真实的一面了。

有段时间，我们都觉得彼此像是对方的分身，形影相随。我相信，起码那段时光是真实的。

她一直盯着窗户的方向。我看着她的侧颜，心里产生了奇妙的感觉。

突然，我想起了她的右耳。

会不会和左耳一样，那里也只剩下了斑点大小的耳洞呢？

如果她丢了一只经常戴的耳环，那她会如何处理另一只呢？

“我说，你右耳的耳环呢？”

我直截了当地问她。

“你也扔了吗？”

她咧着嘴笑了笑。然后马上用手捂住了右耳，平静地看着我说：“你觉得我会怎么处理呢？”

她在试探我。

她是真的想知道我是怎么想的。

有些东西，如果丢掉了一半

也就没有用了

我仿佛又听见了那个男人在我耳边低声私语。

4

说起《珍珠耳环》这首歌，我对自己的那套观点十分自信。

女人是一种能做到斩断过去的生物。当男人还在从历史小说中寻找工作灵感时，或是把自己交往过的女人当作勋章一样列数时，女人却在关注现在和未来。当然，也有无法舍弃过去的女人，我有时候也会这样，这一点我并不否认。但是，我一般会把那样的自己暂时封存起来。在我有时间自我怜悯的时候，才会把那个自己释放出来。有时我还会任由那种情绪占据全部心绪，让我能够沉浸于自我怜悯中。对女人来说，自我怜悯是一种娱乐。

保留剩下的一只耳环这种事，至少我是不会做的——但现在这种情况是例外。

“丢掉了自己最喜欢的耳环”这句话，其实一半是谎言，一半是真实。

他有一个经常背的皮质的单肩包。我把其中一只耳环放到了那个包的外口袋里。

我看着他那个放在一边的米色单肩包。

那个用了很久的包，那个像小动物一样大小的包，那个里面装着我一只耳环的包。

我们都喜欢包。每个季节我们都会买很相似的包，也都经常会被什么“可爱的口袋”或是“功能性口袋”这样的卖点吸引。而这些独具“功能性”的口袋，在日常生活中又变成了黑洞。

为什么叫它黑洞呢？只要时不时地翻一翻，就知道原因了。

像电影票的存根、找了很久的出租车发票、找不到的外套纽扣、记着地址的小纸条，这些无足轻重、有时又必不可少的物件，最后都会在口袋中翻出来。但这些东西就像是在海上漂泊了数年，已褪去了原有的颜色，而且早就过了保质期。之后它们就又被扔在什么地方，再也不会重见天日。

昨天晚上，我把其中一只耳环放进了他包上的外口袋里。

而且是很谨慎地放进了口袋底部的角落。

我心里忐忑不安，想着，布置地雷或是陷阱可能也是我现在这种心情吧。

在我看来，装着耳环的那个口袋就像发着光一般显眼。

他什么时候会发现呢？

可能是明天，可能是几个月后，也有可能他这一辈子都不会发现，连包都被扔掉了吧。

我想象着那个场景。

皮包被扔到了垃圾堆上，变得黑漆漆的，到处都是磨出的破洞。

我不知道自己为什么会产生这种想法。

是因为伤感，还是为了自我安慰呢？

我一边观察着他的脸，一边想着这些有的没的。

看起来，他在认真地思考我右耳上到底有没有戴耳环。

我很喜欢他认真思考事情时的样子。

他认真思考事情时，表情会散发出独特的光芒。我无法很准确地表达出那种感觉，但总觉得善于伪装的他，在思考时会卸下平时的防备，露出内心深处的那一丝忧郁。

记得有一次，他看着正努力思考着什么事的我，说好像听到了波涛汹涌的海潮声。我当时还觉得蛮有诗意的，但现在看来，他那时可能是看出了我内心深处的不安吧。

若是这样，我从他思考的神态中则能看到光。那像是在一片寂静的黑暗中，一盏聚光灯投下的一束光。但聚光灯下却空无一人。

“你一定还戴着。”

他断定地说。

我微微地笑了。

然后放下了一直捂着右耳的手。手指上还留有坚硬石头的触感。

“答对了。”

他看着我耳朵上的耳环，陷入了沉默，然后又像是松了一口气。

我看他伸手去拿红酒，自己便找起了塑料杯子。

“要喝吗？啊，我们没有开瓶器。”

我刚刚想起来，开瓶器已经收拾到搬家的行李中了。

“没关系。”

他把榻榻米上放着的包拉到了身边。

我不禁出了一身冷汗。

他漫不经心地打开包，从包里翻出了一把小刀。这是把带有开罐器和剪刀等多种功能的折叠刀，他经常随身带着。这把刀产自瑞士，现在当然也可以用来开红酒。

他碰都没碰到那个放了耳环的口袋。

他熟练地起开了红酒。我有些失落，感觉自己就像是明明改变了发型，却根本没人注意到的女孩子一样。

原来是这样，还能有这样一种可能。

我看着他往塑料杯里倒着红酒，又想到了对《珍珠耳环》的另一种理解。

如果对方是个比较迟钝的男孩，女孩好不容易把耳环藏到了床下，但搬家的时候乱哄哄的，或者耳环被灰尘覆盖住了（常年不动的家具下会积攒大量的灰尘）那么男孩也有可能根本注意不到耳环。反正我那个沙粒一样大小的耳环是肯定不会被注意到的。

我觉得有些可笑。

“你笑什么？”

“没什么。”

我忍住笑，把杯子给他，他倒好酒后又递给了我。

“为什么你会觉得我还戴着呢？我可是一直强调‘女孩已经丢掉了另一只耳环’的呀。”

这次，他听了后轻轻地笑了。

“因为千明你比常人更冷静，也比常人更感性啊。”

我的脸不知不觉中绷紧了。

如果是以前，听到这话我会很开心。可不知为何，现在却只让我感觉心痛。

他很快察觉到了，神情中流露出了些许后悔。

“什么嘛，你说的话，我原话奉还哦。”

我故意瞪了他一眼，用手指擦了擦红酒瓶的瓶口。

“因为我们两个，可是很相像的呢。”

我说完之后，嘴里突然感到一股苦涩。

于是赶忙喝了口红酒。

他也赶忙把杯子放到了嘴边。

窗外的风像是为了缓解我们的尴尬，轻轻地吹了进来。

我突然觉得很累，不再说话，一口接一口地喝起了红酒。

他也喝着红酒，边喝边玩弄起了折叠刀上的开瓶器。

他怎么还没把刀合起来？

他用他那白皙修长的手指的指尖拨弄着螺旋状的开瓶器。

或者说他是在玩弄着那把深红色的折叠刀。

我突然产生了一种既视感。

我感觉自己好像在什么地方见过同样的场景。

“你要吃奶酪吗？”

他像是刚想起来一样，看向了超市的购物袋。

他好像没发觉自己已经拨弄了很久开瓶器。

看着他的手指一直放在尖锐的刀尖上，我有些提心吊胆。

“嗯，千浩你呢？”

“我吃香肠吧。”

他终于放下了刀，从购物袋里取出了一根香肠。那是一种加了很多黑胡椒的辣香肠，他很是喜欢。

看着他熟练地切开香肠，我的那种既视感也越来越强。

我见过这样的场景。

一束光照进了我的脑海中。绿色的树影在摇曳晃动。

“那个时候……”

这句话不受控制般从我嘴里蹦了出来。

“你为什么没有用这把刀？”

“你说什么？”

他看着我，表情似乎凝固住了。

山路越来越陡峭，我们已经满身是汗了。

现在明明还是初夏，S 山区这边的天气却出乎意料地晴朗，看来夏天确实是到了啊。

我们现在走在郁郁葱葱的古老森林中，虽然没有受到阳光直射，但因为山路实在不好走，我们都有些气喘吁吁的了。

我们都流了很多汗，有些甚至流进了眼睛里，衬衣也被汗浸湿了。我甚至开始思考，人体到底哪里可以储存如此多的水分。

不过，最前面的那个男人却依然气定神闲，没怎么出汗，看上去一脸凉爽，轻巧地在我们前面走着。

虽然那家伙是个野外向导，而我们是每天坐在空调屋里、整日对着电脑的上班族，但一想到我们只有二十多岁，那家伙已经五十过半，就觉得有些不好意思了。

尽管如此，我们还是一口气向上又走了一百多米，终于到达了一个小平台。

男人回头看了眼气喘吁吁的我们，提议休息片刻。

我们两个连话都说不出来了，只好点了点头，卸下背上的背包，用挂在脖子上的毛巾好好地擦了把脸。本来剧烈运动之后身子变得很热了，可出了一身汗后又有些冷。

我们喝了很多水，但好像口渴得更厉害了，我开始想着能不能用别的方法来补充水分。

“对了，还带着橙子呢。”

看来我们想到一块去了。他把手伸向背包。

“吃这个应该管用。”

公司里有个前辈，平时很喜欢登山，我和他一起出去过几次。前辈说过，“在外旅行时一定要带几个橙子，既能解渴，吃了也不会很想上厕所。”所以这次出门我也带了几个橙子，但是我完全没想起来放在他背包里了。

他取出了橙子，拿在手里鼓捣着。

“你干什么呢？”

“我想把橙子掰开，但是不太好掰啊。”

“把皮剥了试试。”

“可是橙子里面的那层皮太软，不太好剥的。”

他想用指甲在橙子上划开个口，但好像不太顺利。

“用这个吧。”

站着环顾四周的那个男人拿出了自己用的折叠刀，递给了他。

“谢谢。”

他接了过来，熟练地打开小刀，然后把橙子切成了四块，又给我和那个男一人一块。

虽然橙子被晒得热乎乎的，但柑橘类水果的香气的确能缓解疲劳，橙子本身还能解渴。

“水果可真是伟大的产物啊。”

我发出了如此的感叹，而他一边吮吸着橙汁一边发出了赞同的声音。后来他用瓶里的水冲洗了刀，又用毛巾擦过之后，把折叠刀还给了那个男人，并再次向那个男人表示了感谢。

“那个时候你也带着现在这把刀呢吧。实际上，后来我看到你用这把瑞士军刀了。当时回到住宿的地方后，你还用这把刀切香肠吃了。”

我看着他的手。

那个时候，他吃的也是这种香肠。

他摆出一副微妙的表情，手里拿着香肠和刀盯着我看。

“没想到你还记得那些事。”

“我也是刚想起来的。”

我发现自己的声音变得有些沙哑。

我反复回味着他的话，揣测着他话里带有怎样的情绪。

是愤怒、厌恶，还是慌张呢？又或者他丝毫没有这些情绪呢？

他像是第一次见到手里这把刀一样仔细地端详了起来。

“这样啊，是这么回事啊。”

他自言自语地说道。

“我也想起来了，那个时候我的刀找不到了，所以才想着用手掰橙子。”

“但是……”

我想继续质问他，却被他打断了。

“那天，我没找到自己的刀。有人在我们出发前，拿走了我背包里的刀，后来又给放了回去，我没骗你。”

我当然不会相信他的话。

5

折叠刀。

我低头看着自己手里的那把刀。

而一直盯着我看的她，此时脸色有些苍白。是的，苍白，只能用苍白来形容她的脸。

刀的事，其实我完全忘记了。

那天，刀的确不在我的背包里。那天登上山后实在太累了，我只是大概翻了翻背包，也没多想。现在想来，一定是有人在那天白天从我的背包里拿走了那把刀。

但是，那个人为什么要这么做呢？晚上的时候，刀的确又出现在了我的背包里，而且那个男人是摔死的，身上并没有被刀刺中的迹象。那个拿走了我的刀的人究竟是为了什么才会那么做呢？

我感到很奇怪，为什么她要提起这些事？

我又默默地切起了香肠。

她使劲盯着我的手看，脸色依然苍白。

“是不是千明你从我包里拿走了刀？”

“我？”

她感到有些意外，怒形于色。

“除了你，还能是谁？”

知道我会随身带着刀的只有她。

“我为什么要拿走你的刀啊？”

“我怎么知道。是不是你想用刀，所以从我包里拿走了，但是忘了放回去？”

我感觉到刀嵌入了香肠，这是我很喜欢的一种触感。黑胡椒的香味冲进了我的鼻子。

“不是我拿的。”

她使劲地摇了摇头。

“但是你想想，除了你还能是谁？我们基本上没有和别人接触过啊。”

“嗯……”

她说不出话了，看来她的理性使她不得不认同我的话。

我们的那次旅行，日程安排得很悠闲。我们先乘电车进入 A 县，然后晚上住在因泉水涌出于海而闻名的温泉旅店。第一天，我们和野外向导在世界遗产 S 山上会合，然后开始爬山。第二天，向导带我们游览了散布在山边的湖泊。除了作为向导的那个男人，我们基本上没有和别人交流过，和同旅馆的人也不过是礼节性的对话。如果是为了钱我还能理解，但应该没有人会冒这么大风险只为偷这把刀吧。

她用拳头抵住鼻子，凝神思考着。突然冒出了一句。

“确实有些奇怪，但不是我拿的。”

“那可真是怪了……”

“如果不是你拿来用了，那还有一个人曾经拿过你的刀。就在我们旅行的第二天。”

她用锐利的眼神看着我。我也想起来了。

“你是说那个男人？不会吧，他为什么要拿我的刀？”

我们的向导是个健壮的男人。

和实际年龄相比，他看上去要年轻多了。当然了，他的职业要求他每天都活动身体，而且他总在接触大自然，身体素质比我们强也是理所应当的。而且他身上还有种洒脱直爽的气质。

总之是个能给人带来安心感的男人，我对他还蛮有好感的。

“这两天还请多关照。”

“也请您多关照。”

面对我们的寒暄，男人很认真地低下了头。

“我们一起慢慢享受这趟旅程吧。”

我们昨天在温泉旅馆时，和他一起商量过路线的事，所以不是第一次见面。这次在山上见到他又给我们带来了不同的印象。我们这种城市人来到山里多少会有些不安的感觉，好像自己脚下没有了支撑，怎么也站不稳。而习惯于野外活动的人却能很自然地融于风景之中，可能是因为我们太紧张，而他们在这里更惬意吧。

天空万里无云，早晨的空气十分清新，但再过几个小时，天气就会变得闷热了吧。

由于现在还是初夏，而且是工作日，所以山上没有旺季时的那种喧嚣，显得很寂静。

山上树木茂密，郁郁葱葱，总让人觉得有些不安。好像这山从未有人涉入，而且山里还蕴藏着自远古时期延续下来的力量，要是我们惹得这山不高兴了，那可就惨了。

森林里的树好像有生命一般悄悄地晃动着，我们屏住呼吸走进了其中。

男人带我们去的第一个地方，是一片呈现出奇妙颜色的瑰丽湖泊。

“好漂亮啊。”

她不禁赞叹道。

湖泊是天蓝色的，可能是周围土壤的性质导致呈现出这种颜色。而且只有站在湖边才能感受到阵阵凉风，这风吹得人整个身子都凉飕飕的很舒服。

“这湖好像夜晚的天空一般。”

听她那样说着，男人笑着点了点头。

“没错，那片湖里总会让人感觉看到了星空。”

的确很美，但不知为何，我觉得这湖有些恐怖。好像探出头仔细观察湖底，就会看到些不该看到的东西。

“第一天傍晚，我们不是一起喝啤酒了吗？”

她的声音很冷静。

“如果是那个时候，他是有机会接触你的包的。那时我们都很累，而且不管是出去接电话还是去买啤酒，我们都没有把行李带在身边。”

“刚开始我还觉得你们不行呢，没想到你们还挺有耐力，有些没耐力的年轻人真的是走一会就走不动了。最近的年轻人啊，脚掌一点力量也没有。”我们已经共处了一天，男人的言语还是很恭恭敬敬的，可能他就是这样的人吧。

阳光透过旅馆大厅的玻璃斜射进来。

结束了第一天的行程，我们在大厅里简单地总结了这一天的不足，也对第二天的行程进行了讨论。清新的空气让人心情愉悦，我们三人便喝起了啤酒。

“但是，肌肉酸痛一般都是过两天才会出现的吧。”

她笑着说。

“你平时有做什么运动吗？”

男人向我问道，我点了点头。

“初中和高中的时候经常打网球。”

“我们俩就是在大学的网球部认识的。”

“真好啊，像你们这样年轻的情侣一起来登山的可不多啊。”

“是吗？”

我们俩互相看了看对方，估计话头一时半会还完不了，所以决定邀请他去我们房间继续聊。他本来拒绝了我们的邀请，但因为还要确认明天的行程，加上我们的劝说，他才勉强跟我们回了房间。

我们在房间里商量行程的同时，也聊了些私人的话题。

男人话不多，但也慢慢地说起了自己的事情。

我用刀切了些香肠和奶酪递给了他。他向我道谢后，只吃了两口。我问他是不是本地人，他摇了摇头，说自己来自东京。

他原本是个登山爱好者，年轻时就经常到 S 山区登山，因为公司要求他去海外工作，他便辞了职，来到这边住了。他年轻时就离了婚，那之后一直单身，但搬到这边住后，就和当地一个比他大的女人结了婚，最近还有了小孩。

“那可要恭喜你啊。”

她笑嘻嘻地说，男人有些害羞了。

“真没想到，到了我这个岁数还能当上爸爸。看来我还要努力赚钱养家啊。”

不太妙啊，我心里想着。当他的孩子长大成人的时候，他都已经七十多岁了。

“是你第一个孩子吗？一定很可爱吧。”

“是啊，特别可爱。可爱到超出了你们的想象啊哈哈。”

男人笑开了花。

“你带着孩子的照片了吧？”

我向他问道。像他这样疼爱孩子的父亲一般都会把孩子的照片带在身上。

男人变得更害羞了，然后兴冲冲地从胸前口袋里拿出了照片。

“几岁了？”

“马上就两岁了。”

照片上有一位略微发福的女性抱着一个可爱的男孩子。

“叫什么名字？”

“森一郎，就是森林中的男子汉。”

“还真像是向导你会给孩子取的名字啊。”

“好可爱啊。”

我又清晰地回想起，那个容易害羞的男人和入神地看着照片的我们。

“如果是那个时候，他是有机会拿到我的刀的。但是他有什么理由拿呢？他自己明明也有刀。”

“我们现在谈论的是他有没有机会拿到。”

她低声说道。

“那天晚上，你切完香肠和奶酪之后就没有用过刀了。所以如果他那个时候把刀拿走了你也不会注意到的。”

“这一点我承认。”

当时桌子上还放着旅行指南和地图一类的东西。我还以为我已经把刀收起来了，但现在想来，也有可能是他把刀放进自己的口袋或者袋子里，而我却没有注意到吧。

“但他为什么要拿我的刀呢？会不会是把我的刀误认为他的刀了？”

“像他那样刀不离手的人，肯定不会把自己的刀和你这把华而不实的刀搞混的。”

她看着我手上的刀说道。如她所言，我平常没什么机会能用到刀。买这把刀也只是被多功能的噱头吸引，平时更多的是当作装饰了。

“他拿走别人的刀的理由是什么呢？”

她自言自语着，嘴里还不断重复着“理由是什么”。

我觉得很奇怪，她为什么如此执着于刀的事？难道是为了转移我的注意力，让我忘掉想要告发她犯罪的事吗？但看她认真的态度，好像是真的想要解开刀去哪儿了的谜题。难道她还有着别的什么目的吗？

她突然抬起头看向我。

“他可能是发现了那件事。”

我吃了一惊。

“什么事？”

“我们的那件事嘛。”

她看起来很认真，眼睛也在闪闪发光。

我感到丝丝寒意。她的眼神，看起来就像那片湖泊。那片夜空一般的、仿佛能在里面看到星空的、绝不能深窥探的湖泊。

“不会吧，他不可能发现的，你当时有感觉到他发现了吗？”

“不，没感觉到。”

她不假思索地答道。

我松了一口气。

“那不就得了，他不可能发现的。”

她又摇了摇头。

“我刚刚想到了一个，那个男人会偷走你刀的理由。”

“什么理由？”

她默默地向我伸出了手。

“干什么？”

“让我看看这把刀。”

我把刀刃折进去，递给了她。

她小心翼翼地打开了刀，又把刀上的剪刀、开瓶器和开罐器都展开了，然后仔细端详着。突然她像是发现了什么一样，脸瞬间变得僵硬了。

“果然。”

“果然什么？”

我急忙问道。心跳都有些加速了。

“他果然对我们起疑了，对我们的那个秘密。我不知道他什么时候开始怀疑我们的，可能是我们看他孩子照片的时候太专注了才没注意到。但他就是起疑了，所以才会偷走你的刀……对了，他一定是在你用刀切香肠奶酪的时候发现的。”

她的声音逐渐变得阴沉。

“人在什么时候才会偷别人的东西呢？那就是想要知道那个人来历的时候。”

她把那把全都展开了的刀摆到了我面前。

我睁大了眼睛仔细观察着自己的刀。

刀刃上刻着几个字。

“他注意到了你的刀上刻着你的名字。所以为了确认身份，才偷走了你的刀。”

我看着刀上刻着的“CHIHIRO・T”这几个字。

仿佛自己的名字变成了墓志铭，深深地刻在了墓碑之上。

6

我看着他的刀，心情有些苦涩。

空荡荡的房间里，小刀在灯泡的照射下闪耀着不祥的光，让人感觉有着谜一般的魅力，会不由得想触摸它。他的名字就刻在那把充满魅力的刀刃上，像是一道无法抹去的伤痕。

我看到了光。

不是斑驳的树影间隙透下来的阳光，而是从小刀上反射而来的光。

我脑海中浮现出一个场景。那个男人拿出这把刀，观察着刀刃上的名字。

房间里很暗，以至于看不清他的表情。能看到的，只有他手里的刀。

男人用手指描摹着刀刃上刻着的名字。终于他发出了一道无声的叹息，又把刀折了进去。

“你是什么时候发现的？”

本以为自己听到的是别人发出的沙哑的声音，但我发现原来说话的人是自己。

“可是没有证据，没有任何证据表明是那家伙拿走刀的。我甚至无法确定，刀是否真的被拿走了。”

虽然他小声地嘟囔着，但那苍白的脸色已经背叛了他，将内心的恐慌表露了出来。

他刚才明明还说自己那时在山上并没有找到刀，现在又说不确定是不是被拿走了，也不知道他有没有注意到自己的矛盾之处。只见他目光呆滞地盯着地上一动不动了。

那个男人拿着刀的样子在我脑中挥之不去。

他的背影是那样的宽厚结实。

那坚实的后背，仿佛无声地拒绝了我的一切质问。男人的表情和感情，我都无法得知。

我的身上又冒出了冷汗。

没想到我们到了现在这个时候才发现这些事，明明已经是我们在一起最后的夜晚了。

我不由自主地一口气喝干了杯子里剩下的红酒。

冷静一些，要冷静。我要仔细地想想那些事。

我尽量让自己的声音冷静下来。

“他从你背包里拿走刀，应该是在第一天的傍晚。”

“也有可能是在第二天早上。”

我和他对视了一下，都想从对方的眼中寻找到答案。

温热的风从窗外吹了进来。

沉默，屋内是和之前的气氛完全不同的沉默。

我们之间，有些地方正在发生着变化。

如果那个男人其实发现了我们的真实身份，那一年前的事的影响对我们来说也许会完全不同。

那个男人仿佛从过去慢慢渗入了现在，侵入了我们二人这最后的夜晚。

“他是什么时候开始怀疑我们的？难道从最开始就……”

“应该不会。”

他抬起头，眼神里充满了愤怒。

“我们会碰上那家伙只是偶然，当初报名时也不可能知道是谁来做向导。”

他说的报名，是指向地方政府资助的向导协会报名。当初是他报的名。

“我记得是用电话报名的吧？”

我向他问道，他点了点头。

“所有手续也都是通过电话办理的。”

“你有透露过什么个人信息吗？”

我的话听起来像是在质问他，这让他看上去有些生气。

“我没说什么别的。只是说了说我们俩都是坐办公室的上班族，所以要求他们不要安排难度太高的行程，还有就是说了之前去那边玩过一次，感觉还不错之类无伤大雅的事。打电话的时候明明千明你也在场啊。”

“名字呢？”

“名字不是咱们俩一块想的嘛。”

他不再掩饰自己急躁的情绪。

“我们所有的花销都是用的现金。没有租车，也没有用信用卡。报名的时候我用的是‘高桥洋’这个名字，高桥这个姓比较常见，所以我只把名字改成了同音字，就算出现了什么情况叫错了名，应该也不会暴露身份。而且他也不可能仅仅是通过电话办理手续，就能知道我们的真名。但如果对方真的仔细调查过我们的信息，那就说不准了。要是真的对我们展开调查，估计我们的真实身份很快就会暴露了吧。但我们只不过是普通的观光客，是乘着电车大老远地跑过去玩的，而且也不是什么很有钱的高端游客，他们也没必要调查像我们这样的普通游客。我记得当时咱们俩还为此讨论了一番，最后才这样定下来的。”

我当然也记得。

那次旅行，本该是次简单的游玩，只是为了放松身心。

S 山区。

那是一个坐落于日本东北的北部、山上保留着山毛榉的原始森林。

这个名字对我们来说有着特别的含义。

总有一天，我们会去那里的。

虽然之前我们都没有提起过，但应该都是这么想的。

我们经常出去旅行。两个人通过旅行也算填补了过去的空白。不管去哪里都很开心，对彼此的存在也一直充满了新鲜感。

我们没什么钱，又很喜欢散步，所以经常会选择去一个陌生的城市，一边闲逛一边谈天说地。

以往旅行的记忆，像电影片段一样，一幕幕浮现在我眼前。

比如在一个坐落于山间的城镇里，他倚在一座横跨在湍急河流之上的石桥栏杆上，对我讲着他小时候的事。不知不觉中，太阳落山了，小镇里变得一片漆黑，我们慌慌张张地找起了旅馆，但又因为天太黑迷了路，不得不按下附近民房的门铃，挨家挨户地问路。

又或是路过一片刚收割完的广阔田野，我们俩穿着雨衣，走在旁边的小路上。

雨是温暖的，也没有起风，我们便不在意那毛毛细雨了。潮湿的空气像是温柔的雾气环绕在身旁，让人觉得很是舒服。地面上飘浮着春天的气息，我们大口大口地呼吸着，感觉身体充满了力量，以至于可以走到任何地方。

还有一次，我们奔跑在乡间小路上，天空正下着暴雨。

我们冲进了一座可以遮雨的小小的公交站，把毛巾挂在脖子上，静静地看着雨从棚檐流下。

正因为这些是幸福的回忆，所以才更像是遥远的风景。这些回忆是我们再也不会见到的景色。虽然都不是很久以前的事，但这些回忆却在心中渐渐地泛黄。

他经常会翻看 S 山区的旅行指南。

我虽然注意到了，但并不想和他一起看。其实我一个人的时候，也会偷偷翻阅 S 山区的旅行指南。不知为何，对那个地方的憧憬成了我们二人之间的禁忌话题。

在季节交替的时节，遇上空气清新的傍晚，我们就会喝着啤酒，一起商量下次要去哪儿玩。

我们都知道，那个地方在我们心中一直占有一席之地。

山毛榉的原始森林像是个遥远的目标一样，耸立在我们心中。

可是，我们又并不想去那里。

因为我们知道，那里是我们的目的地，更是我们的终点。

虽然我们知道“那一天”迟早会到来，但我们却不知道，“那一天”会以什么样的形式到来。

直到有一天，发生了一件事，让我预感到了“那一天”的即将来临。

对于那个瞬间，我依然记忆犹新。

那是个冬天，准确地说是一个初冬的夜晚。

他那天围着一条浅灰色的围巾。那条围巾很适合他，让他看起来很有品位。

哇，颜色很好看，哪里买的啊？

我下意识地伸手摸了摸那条围巾。

围巾软乎乎的，像棉花糖一样，还缝着很多闪亮的线。

就是最近买的。

他这么说着，然后下意识般地把围巾挪到了我够不到的位置。

我的手失去了目标，抓了个空。

空虚和寂寞充斥心头，我仿佛看到眼前的窗户被关上了。

那一瞬间，我便确信了。

他已经移情别恋了。

那个像棉花糖一样的围巾一定是那人送给他的礼物。

他一定很在乎那个人。我触摸围巾的时候他下意识地避开了，这一点就能证明。

但他有注意到我那个时候的想法吗？

从那天开始，我们俩就渐行渐远了。对于这点，他应该也能感觉得到。

又到了季节交替之时。

冬去春来。那天黄昏，我们都有些困倦，晴朗的天空中弥漫着不安的气息。

我们喝着啤酒，终于下定了决心，把那个地方定做了下一次旅行的目的地。

然后，一年前的夏天，我们便去了那个地方。

改一改名字再提交申请的想法不知是从什么时候开始冒了出来。那里的向导也有很多人，选中那个男人的概率也很低。我们怀着抽签般的心情，向着目的地出发了。

现在想来，那时候的我们真的是太天真了，满脑子都是幼稚可笑的想法，就像个无知的小孩子在恶作剧。我本打算把那次旅行作为一次重归于好的机会，让我们能在只有彼此的旅途中放声大笑，重新回忆起我们曾经的美好。

运气好的话，那个男人也许会是我们的向导。这样的小概率事件也是有可能发生的。我们就这样怀着些许期待出发了，却没想到之后真的遇到了那个男人，这让我们两人都大吃一惊。

“说起来，我那时好像改名叫高桥明子——高桥洋和高桥明子。”

我的假名字只是改了姓，名字取了真名的同音字，所以对我们来说，假名字叫起来也没什么不习惯的。

如果是第一次见到我们的人，应该只会把我们当作一对普通的夫妻。即使真的是遇上了那个男人给我们做向导，我们也不希望被他发现真实身份。这些共识是我们在出发前就已经确认好了的。

那次旅行，对我们来说不过是次普通的纪念之旅。我们根本没有想到那个男人会因此介入我们的人生。

那个地方之所以对我们如此特殊，正是因为我们听说的那个男人就居住在那里。

现在已经记不清到底是谁说的、又或是从哪里听说的了。

但总觉得好像从很久以前就知道，那个我们未曾见过的男人就在S山区做向导。

这并不意味着什么。毕竟他只是个我们打出生起就未见过的陌生人。就算我们知道他在S山区，对我们的现实生活也不会带来任何影响，即使这个人并不存在，也与我们无关。

他的存在如果作为茶余饭后的娱乐，还是可以偶尔拿出来谈论一番的。在我们心中，前往S山区这件事像是一部小小的电视剧，我们一边忐忑不安，一边又期待着那个男人能像电视剧中演的那般戏剧化登场。

如果说我们把那个地方作为旅行的目的地时，没有期待会有什么戏剧性的展开，那是假话。但现在想来，我们期待的并不是“电视剧”本身，而是“电视剧会上演的预感”和“电视剧的可行性”。

但，等着我们的却是难以预料的发展。

我们本该站在电视机前欣赏戏剧，却莫名成了电视剧中的登场人物。

那件事发生后我们一直无法走出阴霾，这也使我们的分离成了定局。

“如果能知道的话——如果能早点知道的话……”

我又听到了自己沙哑的声音。

我觉得自己像是个三流演员，虽然为自己拙劣的演技而感到烦恼，却又不得不硬着头皮演到最后一集。

“到底是谁杀了那个人——为什么那个人会死呢？”

他突然用锐利的眼神看向了我。

而后，他的目光又慢慢平静下来，对我缓缓地说道：

“难道不是千明你干的吗？”

我也看着他的眼睛。

空气又变得诡异的沉默。

到底是谁把那个人逼向了死亡——我们在旅途中才第一次见到的，我们的父亲。

7

高桥千浩和藤本千明。

这是我们的名字。

高桥是母亲的旧姓，我们三岁之前都生活在一起。后来千明被送到别人家抚养，所以改了姓。

母亲没有详细地对我们讲过小时候这些事。但母亲生下我们后，身体就越来越不好，又因为家里太穷，我猜测因此才不得不将她送了出去。

每个人记忆的起始，都有所不同。

在我的朋友中有个令人难以置信的家伙，他拥有从两岁就开始的清晰且完整的记忆。也有人连自己的小学时代的事都完全记不起来。从某种意义上来说，后者也足够令人难以置信了。

我的记忆应该算是大众水平吧。对上幼儿园之前和幼儿园时的事只有零星的记忆，上小学之后，记忆才逐渐清晰。

说实话，我对自己有过兄弟姐妹这件事没什么印象。

充其量也只是模糊地记得家里还有过一个小孩子，但稍微记点事的时候就已经只剩我自己了，所以我还以为印象里的那个小孩子是邻居家的孩子呢。

这一点千明也是一样的，她之前也一直认为自己是个独生女。

我之所以还能记得一点有关千明的事，是因为她穿过一双能发出声音的鞋子。

对千明说了这件事后，她还很诧异。

就因为这个？我一点都不记得了。

不是有那种鞋吗，小孩子穿上走路会嘎吱嘎吱响的鞋。那是为了让大人们能知道小孩子跑到哪里去了而设计的。因为千明你是个活泼的孩子，经常跑来跑去，所以我听得多了也就有印象了。我记得你那双鞋是粉色的，鞋底还有些厚。

虽然千明不记得了，但母亲也说过，千明这个孩子有事没事就往外跑，所以从不敢让她离开自己的视线。看来千明小时候一定是经常会被外面的什么东西所吸引，才会对母亲的话充耳不闻吧。

千明说我小的时候是个爱哭鬼。

我也会反驳说没这回事，但千明却笑着说我小时候遇到不开心的事就会满脸通红地躺在地板上边哭边打滚。

每当千明说起这些事，我都会不好意思地扭过头去。

事实上，自己小时候的那些事，我已经记不太清了。

母亲在我上小学之前再婚了。

我很快就适应了新父亲。我本来就没见过自己的亲生父亲，所以对这个新来的也没感到不习惯。我一直把他当作自己的亲生父亲，即使后来我知道了我们没有血缘关系，他对我来说也是唯一的。而且，巧的是我这个新父亲也姓高桥，和母亲同姓。所以有时候我会想，母亲和他结婚会不会是因为两人姓氏相同呢？

我问千明是什么时候知道自己是养女的，她却表现得毫不在意，说自己好像从很小的时候就知道了，因为总觉得自己家和别人家有些不一样。但是千明并没有因此而感到自卑。她长大后，她的养父母就把亲生父母的事告诉了她，到了青春期时，她也就已经接受了这个事实。

我也曾见过她的养父母，他们很通情达理，对我也表示了欢迎。千明也有内向的一面，他们也很清楚她的性格，但还是大方地接受了她。

关于把自己的孩子送给别人做了养女这件事，母亲的心情也十分纠结。

母亲虽然很少提起，但我也听她说起过一次，说那个时候真不应该让千明离开，不管多苦多累自己也应该把你们两个人一起养大。看来母亲对送养的事也一直很后悔。

另外，母亲还因为别的事情而有所烦恼。

这件事我也是成年之后才知道的。

我们的亲生父亲，并不知道我们的存在。

由于母亲不喜欢谈论之前的事，所以我们花了些时间才了解了当时的情况。

简单来说，就是父亲在不知道母亲已经怀孕的情况下与母亲离婚了。父亲天生追求自由，不希望被束缚。母亲原以为结婚以后父亲会稳定下来，但酷爱旅行的父亲从没想过会永远生活在一个地方，结婚后的父亲就如同“断了线的风筝”，几乎没在家里待过。

父亲的这种性格，很符合我心中对“亲生父亲”的形象。

那是个总是行走在旅途中的男人。他总是孤身一人，背着背包，心情舒畅地走在乡间道路上，享受着周围的景色。

然而母亲也有着不愿妥协的顽固一面。

因为无法忍受这种经常分居的状态，所以她决定和父亲离婚。即使母亲知道自己已经怀上了那个男人的孩子，也丝毫没有打算以此为要挟，迫使丈夫留下。所以直到最后，母亲也没有告诉父亲我们的存在。

而离婚之后，两人就再也没见过。

就算想要和他联系，离婚之前——不，更早之前父亲就处于音信不通的状态了，谁也不知道他在哪里。终于有一次父亲在外面受了伤，回到家里修养时，母亲把离婚协议书交给了他。据说母亲收到父亲的回复，也是在父亲再次离家半年后的事了。

直到上了大学，母亲才将这些事告诉了我。

之后，我便与千明邂逅了。

“你说是我干的？”

她轻轻一笑。

她的眼神看上去既有愤怒，也充满了悲哀。

“你说是我杀了那个男人？如果是千浩你的话，的确有可能这么想。”

她的声音中饱含着情感，但我却分辨不出这到底是怎样一种感情。

无论是作为朋友、同事、家人还是恋人，我们都在不知不觉中，揣摩着对方的感情，将自己的触角伸向对方的心，像是想要从中吸取些什么。

但是此时此刻，她内心会泛起怎样的涟漪呢？是谴责、憎恨还是深深的怀疑呢？

那个场景在我脑中挥之不去。

她蹲在草丛中，悄悄地做着什么。只见她手脚麻利地把草打成了结——

“难道不是吗？”

我用冷漠的声音回问了她。

她苦笑了一声。

“我其实一直以为，是千浩你干的呢。”

“我为什么要那么做？”

我吃了一惊。

“是啊。”

她摆出思考的姿势，沉默了一会，然后笑了起来。

“订正一下，准确地说——我想的是，如果是千浩你干的就好了。”

面对这出人意料的回答，我不由得大笑了起来。

是那种连我都觉得爽朗有力的笑声。

这次换成她一脸诧异了。

“有什么好笑的？”

“我只是刚发现，原来是这么一回事啊。”

“是怎么一回事？”

她往自己的杯子里倒上红酒，表情依然很莫名。

“就是说，我也希望是千明你干的啊。”

我一口气喝干了杯子里的红酒。她看我杯子空了，就给我又倒上了些。

此刻我的头脑异常地清醒，但也开始慢慢地感到了醉意。身体周围好像有一层薄膜将我包裹住了，我久违的体验到了，那令人怀念的微醺感。

我们的思考方式很相似，这一点在我们相遇之初就已有深刻体会。但偏偏到了这个时候，我却没猜到她在想些什么。

没错，我希望她就是凶手。

那个男人的死，对我们就像晴天霹雳一样。我们从没想过，他会以那样的形式闯进我们的人生。

他突然就闯了进来。

然后，打乱了我们的生活。

我必须要对那个男人的死给自己一个解释。倘若有一天在相册中再看到那个男人的相片时，我要想到一个令自己信服的死因。

所以，我得出了能令自己满意的解释——是她杀了我们的亲生父亲，这个解释足够完美了。

“为什么我们都期待是对方干的呢？”

“你这是明知故问。”

尽管我是在自言自语，她却很快地回了一嘴。

她瞪着我，看上去有些生气。

我和她对视了会儿，但最终还是败下阵来，先挪开了视线。

“你是在明知故问。”

她又说了一遍。

是的，我当然是知道的，只是不想说出口。

我默默地喝起了红酒。

我的嘴唇应该也被红酒染上颜色了。喝完后，我从镜子里看到自己嘴唇上还沾有残留的红酒，不知道为什么，我就像是看到了自己留下的犯罪痕迹一般，有些惊慌失措。

真是让人搞不懂。

我看向窗外。

初夏的黑夜中，只有草木在无声地摆动。

我又看到了公园里的那座已经看过上千次，不，也许已经看过上万次的钟表。

表上的指针慢慢地走动着，像是在宣告着今夜正一点一点地消逝。

我不知道，我们是否犯下了什么罪行。所谓罪恶又究竟为何物？我好像从来没有像这几天，包括今天这样，如此深入地思考关于罪恶的问题。

“那次也说不定只是单纯的意外事故。”

她的语气听上去像是放弃了深究。

“一位野外向导失足后坠崖身亡，可能就是这么简单。只是那个向导恰巧是我们的父亲，而我们又恰巧在他去世前和他相遇。可能这一切都是巧合吧，也许只是我们一厢情愿地认为这是个谋杀事件。”

我还是搞不懂。

我们到底做了什么?

难道是我们做错了什么吗?

她轻轻地拢了拢头发。

“其实,我当时很希望是千浩你杀的那个男人。因为如果是你杀的,我们就会因此而永远地绑在一起,无法分开,不是吗?”

她又看着我的眼睛。

这次也是我先避开了视线。

“我们是兄妹,本来就有着一生都无法逃避的羁绊。”

我避开了她的问题,没有正面回答。她听完我说的话,冷冷地笑了。

“是啊,我们是兄妹啊。”

她盯着墙上一处,重复着我的话。

“一生,都只能是兄妹啊。”

我们周围的空气,又一次变得沉重起来。

与之前各自心中充满了冷血猜忌的沉默不同,这次是一种更加浓厚的,更加罪恶深重的,更加令人窒息的沉默。

我对这种沉默印象深刻。在过去的几个小时里,这种沉默就潜藏在我们两人之间。之前的气氛虽然已经令我们窒息,但现在这样是我们最难以忍受的。

她慢慢地站起来,走向了卫生间。

听到卫生间的门关上了,我又把目光投向了公园里的那座钟,继续凝视钟上的指针。

春光明媚，绿叶生辉。

她从远方走来。

是的，我也渴望能和她永远地绑在一起、也希望我们之间能产生那种终身都无法断绝的、坚实有力的羁绊。

我的口中涌出一股苦涩。

无论怎样，我们都无法逃避这个现实。

所谓罪恶又究竟为何物？

喜欢上谁就是罪恶吗？

我无法控制自己的情绪，用力打翻了她那个当作小桌子用的行李箱。

装在纸盘子里的饭菜也被打飞了。

我无法对自己撒谎。因为在知道我们的血缘关系之前，我们的确是一对相爱的恋人。

8

我在洗手池比平时更认真地洗了洗手，然后窥视着那面阴暗的镜子中的自己。

我现在的脸色是怎样的呢。

被水流冲刷着的手，渐渐开始发冷。

我看着这面使用过无数次的镜子中映出的这张脸。然而，我却有些无法认出这张脸了。这真的是我的脸吗？

我用手摸了一下镜子。

镜子中映出的是一张充满了猜忌和疲惫的消瘦的面孔。

刚开始在这里生活时，我的脸应该是更天真无邪，也更充满着希望的。

我们太笨了。

我们都没有意识到，无形中给自己设了个圈套。

我们刚开始同居时，已经知道我们是兄妹关系了，其实，是我们自认为已经知道全部的事实了。我们曾经都以为自己是独生子，之所以住在一起，就是为了可以填补作为兄妹的失去的时光。当然，在高物价的东京租房子压力会比较大，两个人一起住会更方便也更便宜，而且也比一个人住更安全。我们对此深信不疑，所以才能说服了双方父母。

对此持反对意见的我的父母，最后也都同意了。

因为我当时告诉他们“我俩已经成人了”。但现在看来，他们当时反对的理由——心中有一丝不安，其实指的是别的方面。

经常会听到这样一句话：“这是命运的恶作剧。”

但对我们来说，这不是句可以一笑而过的话。

因为我们考进了同一所大学，还加入了同一个社团，这种令人难以置信的偶然可是真真切切地发生在了我们身上啊。

不，也许这些不是偶然，而是命中注定。

我们是龙凤胎，所以自然是异卵的双胞胎，即使在遗传基因上有所不同，但我们的气质和性格还是很像的。高中时的学习成绩、兴趣爱好，甚至连爱吃的食物也都差不多。也许，行为爱好相似的人，最终总会被吸引到相同的地方吧。

进入同一个网球社团的我们，一眼就发现了彼此。

用现在的话来说，我那时就像是有了心灵感应。他当时似乎也对我有所感觉。我们就是如此相似。

我们加入的网球社团虽然不是大学里正式的运动类社团，但在训练上也十分严格。我和他一样，高中时就在网球部打过硬式网球。上大学后，参加社团的春季集训时我们便组成了双打组合。我们的配合十分默契，以至于同社团的人都说我们不像是第一次组成组合。

当然，我们自己才是最觉得不可思议的。

这也直接导致我们产生了误会——误认为我们之间擦出了爱情的火花。

其实是他先邀请的我。

网球社团成员很多，聚会时也大多是很多人在一起喝酒谈天。我们第一次去单独约会时，已经是初夏时分了。

我和他不是同一个学部，所以我们几乎没在校园里碰过面。

但那天，一个洋溢着清新绿意的初夏午后，我们偶然地在校园里相遇了。他的身影在来来往往的学生中十分显眼，他看到我时，嘴里不由得发出了“啊”的声音。我到现在还清楚地记得，他那惊喜的样子。

那明亮的绿色，那充满着无杂质的幸福的绿色，至今历历在目。

那样的春天不会再有了。毫无疑问，那是我人生中独一无二的春天。

成与不成，最差也不过是保持单身，所以他才下了决心，邀请我去喝茶。我同意后，便跟他来到校园里的一个安静的咖啡厅。

看着坐在对面的他，我心里有些忐忑。

我发现自己很喜欢他充满理智的表情和冷静的态度，不知为何，总觉得和他有种亲近感。

他应该也有这种感觉吧。

我们闲扯着社团内的逸闻趣事，讨论着课堂上的讲义内容，就好像是在寻找这种亲近感的来源。

当然，我们也只是聊了聊老家和高中时代的事，还说到了高中网球部的话题，现在还不适合谈论太多更深入的话题，所以我们也都把握着聊天的尺度。

但是，总觉得我们之间存在某种关联，我们有预感，是这种关联将我们维系在了一起。而当时我们错认为那就是恋爱的预感，毕竟我们都太年轻了。

我用毛巾擦了擦手，调整了下自己的呼吸，便又回到了房间里。

他正坐在地上眼神呆滞，面色阴沉地喝着红酒。

无法想象，那个在初夏明媚的阳光下与我相遇的青年，和坐在眼前的他，竟会是同一个人。

我们，真的是渐行渐远了啊。

脑海里浮现出这样的句子。

“干脆还是把他的死归为意外吧。”

我一边说着一边坐在了榻榻米上。

“他不是被谋杀的，这样不是挺好的吗？”

“你说，如果那家伙知道我们的存在，那会是什么时候知道的呢？”

他没有看我，而是盯着榻榻米上的某一点呆滞地自言自语着。

“但至少，我们老妈应该是不会告诉他的。”

我伸手拿起那瓶绿茶，拧开盖子后往自己的杯里倒了一些。

“这么说来也是啊，他给我们当向导的时候也提起过，说那是他上年纪后的第一个孩子。我觉得他应该是不知道和前妻之前还有孩子。”

“就算他知道，也没必要和第一次见面的游客说吧。”

“但是，应该是有什么契机。当时应当是发生了些什么，才促使他拿走千浩你的刀然后确认了你的真名。可能是他听到了什么风言风语，知道了自己有孩子吧。但他又怎么会把我们和他的孩子联想到一块去呢？”

他陷入了沉思。

“可能是因为我们邀请他去房间了吧。看来我们对他表露出了比自己想象的还要大的兴趣。我们的过分热情，使他对我们感到违和也不奇怪。”

“他看到刀上的名字以后，至少会对你用的是假名字这件事有所警觉。再以此为线索，思考我们使用假名字出现在他面前的原因，大概只能认为我们是他的孩子了吧。”

他不自主地伸手把包拉到了身边。

我心跳有些加速了。我放到他包的口袋里的那只耳环又浮现在我眼前。

但他还是没有发现。他从包里拿出了自己的记事本，又从中抽出了一张照片。

“啊。”

我不由得叫出声来。

“你一直带着这张照片吗？”

“嗯，总觉得应该带在身上。”

他点上了烟，看着那张照片。

那是张我们已经看过无数次的照片。我也有一张一样的。

三个人正步行在森林中——我、他和那个男人。

“这是第一张，也是最后一张父亲和我们的合照了啊。”

他小声嘟囔着。

“是啊。”

我点头回应道。

三个人脸上露出温和的笑容，回头看着镜头。那是共犯者的笑容，是只属于当时在场的、我们这支临时队伍的笑容。当时替我们拍下这张照片的游客，怎么也不会想到我们三人是亲子关系吧，毕竟我们都在演戏。

当时还是旅游淡季，所以没什么人，但行程的第三天还是遇到了不少观光客。大部分人都选择了一条围绕着森林中的湖泊前行的平缓路线，行程也都很轻松。有一家人让我们帮忙拍了照片，为了表示感谢，他们提出要给我们也拍一张，于是便有了这张照片。

多么虚伪的三个人。我们本是兄妹和父子关系，但在照片中，我们看起来就像是来自城市的年轻夫妇和本地向导。

“他不可能会是自杀的吧。”

千浩的声音里充满不安。

“为什么？他为什么要自杀？他可是刚有了个可爱的小孩子啊，还说要努力赚钱养家呢。”

他无力地摇摇头。

“不知道，我只是有这种感觉。他曾对我们说过自己年过半百才有了第一个孩子，他的话等于是完全否定了我们的存在。所以当他知道我们的身份后，可能会感到羞愧难当，从而自杀了吧。”

“那可不像他的风格——事已至此了，他才不会为我们的事感到后悔呢。”

“但是，就算是他也是有可能突然之间对一切都产生厌恶感的。”

“千浩你有这种情况吗？”

我不知不觉地问出了口。

他一脸惊讶地看着我。

那双眼中的阴霾，让我也一脸惊讶。

“千明，你没有过吗？”

不知道是不是我的错觉，从他的声音中，我感受到了些许愤怒。

我意识到自己的眼中也布满了乌云，和他不分上下。

两人眼中的黑暗，好像一瞬间融为了一体。

“……有过啊。”

我听到自己那样回答了他。

啊，原来还有这么一种可能性啊。

我被自己脱口而出的话惊到了。

今夜我们两个人一起死在这里也是有可能的啊。

我们被彼此眼中的绝望所影响到了，突然之间变得有些厌世。

现在这个社会，不是流行那种素不相识的人相约在一起自杀吗？如果我们也这么做了，就不会受到任何人的指责了。

谁会最先发现我们的尸体呢？是煤气公司的员工？还是来取钥匙的不动产公司的人呢？

我的脑海里又浮现了这样的场景。

在一个明媚的清晨，阳光从窗外透了进来。

有两个人交错着倒在榻榻米上的行李箱前。

发现我们的人吓了一跳，然后从房间里跑了出去。

人们会说些什么呢？没有人了解我们的绝望有多深，但说不定我的养父母会知道。当我说要和他同居时，两人眼中浮现了不安，他们也许意识到了我们正陷入陷阱，体验到了我的绝望。

没错，如果是我的养父母，会不会本能地察觉到，女儿是因为那不会有结果的爱恋而绝望至死的呢？

“你还记得那时候的事吗？”

我才注意到自己又陷入了沉思。

他看上去也想要缓一缓，便放下了酒，伸手去拿绿茶。

他倒了一大杯绿茶，然后大口大口地灌进了喉咙。

“那个时候的事？你说的是什么时候？”

我感觉头脑有些运转不灵。

“那家伙摔下去的时候。”

我有些反感，甚至想要啧啧咂嘴。

真是出乎意料，我完全没想到他会谈论这个话题。

那一天，那个阳光明媚的初夏午后，得知我们父亲坠落山崖的那一个瞬间，其实已经从我的记忆中消失了。是我努力将那个场景从记忆中剔除了。

但我也知道，那其实是我无法彻底忘却的记忆。更不用说，现在还成了今夜无法逃避的话题。

“记不太清了。”

我无力地回答了他。

“那个时候我们正在休息，而且三个人也没有在一起。所以我们才没能第一时间注意到发生的事故。”

原来是这样啊，我之所以会怀疑是他杀的，他之所以会怀疑是我干的，都是因为事故发生的那一刻，我们都没有看到彼此的身影。

“对了，我们休息之前，那家伙是不是有提到‘手机’的事？”

他抬起头来问我。

“手机？”

“对，是什么来着，好像是铃声——对，是关于铃声曲子之类的话。”

9

要拾起记忆的碎片很难。

如今，和她一起度过的每一天，都变得支离破碎，残骸般七零八落地摆在我们面前。连看到某个碎片都是一种痛苦，单把那段旅行挑出来再对其进行拼接更是极其困难的。

而且，那个男人以那样突然且具有冲击性的形式迎来了自己的结局，使得我们两人也从没有认真地讨论过那天发生的事。再加上那是我们想从记忆中删除的片段，让我们旧事重提就更加令人不快。

但要是有什么契机，过去的事也会清晰地在我们脑中复苏。

刚才提到折叠刀的时候，我就感到记忆的堤坝开始慢慢地决堤了。现在一看到这张照片，那天的事就立刻鲜明地出现在我的脑海中了。

那天闷热得像是夏天。

前一天的行程是高强度的登山，而现在则是在较为平缓的森林里漫步。虽然路面还是有些坡度，但走起来也算惬意。

绿色的光柔和地照射下来，在这片绝好的风景中漫步，使我无时无刻不感到，自己被一种无须言语的充足感所包围。

森林中的路起起伏伏，使得映入眼帘的风景也不断地变化着。有好走的林道，有弯弯曲曲的坡道，紫杉丛生，路边还开着少见的花，让人怎么也看不腻。

我们沉醉于这森林的美景中，对那个男人的解说一一点头回应，钦佩之余，又像孩子一样欢欣雀跃着。

森林里还隐藏着几个小沼泽和湖泊，时不时出现在眼前。那些宝石般闪耀的水面令人着迷。

走在前面的那个男人和千明的背上都浮现出日光透过树叶照射下来的斑驳的绿色花纹。我望着那些花纹，思绪不知飘向了何处。

对了，我当时在想实沙子的事。

准确地说，我正想着自己和千明的事，同时也想起了实沙子。

川村实沙子比我低两年级，我们是同一个社团的成员。

千明三年级的时候就不怎么来参加社团活动了，所以她应该不认识实沙子。

实沙子和她是完全不同类型的女孩子。总的来说，千明是个知性的城市女孩，而实沙子质朴又充满野性。在实沙子身上总能感到一种通透的“空气感”。

我有个朋友很喜欢实沙子，但也只是单方面抱有好感，有段时间还半强迫地要求和她交往。受朋友的邀请，我和实沙子在咖啡厅还有居酒屋也见过几次面。

虽然实沙子网球打得很好，但在我看来，她并不适合这种社团。这种虽然严格但享乐色彩浓厚的社团，对她而言会有些轻佻。她似乎也意识到了这一点。实沙子本身就是文学部的学生，也加入了学术气息浓厚的考古社团，最后好像还是决定以考古社团为主了。她在网球社团待了不到一年，和我那个朋友也没有长久。还记得朋友跟我说过，他被甩了。

我几乎已经忘记了实沙子的存在，但就在开始那次旅行的前一年，我们又偶然相遇了。

我们在东京站附近一家大型书店的书架前重逢。

我从客户那里回来，为了查找资料就进了那家书店。我本来就喜欢书店，在不同类型的书架之间穿梭对我来说是一种刺激的体验。像写真集之类的视觉类书，我总会随手拿起一本，然后直接买走。

实沙子，就站在那个书架前。

一开始我没注意到，是她主动跟我打招呼叫了声“高桥前辈”。

我能马上想起来她是谁，是因为实沙子身上还有着那种通透的“空气感”。

毕业后，实沙子进入了文部科学省，已经成为一名优秀的研究员。

因为离后面的预约还有些时间，再加上实沙子主动邀请，我们便去了一家咖啡馆小坐。

没想到我们聊得很投机。

她还是朋友的女朋友时，每次聚会谈天我都是坐在她的斜对面。而这次我和实沙子真正面对面地聊天，就有种眼前一亮的新鲜感，也感受到了她与之前不同的魅力。

这一点实沙子应该也是一样。我们俩好像突然来电了——虽然这是个很老套的说法。

当然，我是知道的。

我当时正在寻求机会逃离千明，而这次偶然相遇——偶然出现在眼前的实沙子就成了最好的机会。

那个时候，我和千明正陷入进退两难的境地。虽然困局都是我们自己造成的，但我们也深受其苦。

最初并非如此。一开始，我们为挽回兄妹二人失去的时光，对一切都很积极，有什么事都会互相商量，对任何人都能光明磊落地说我们是兄妹。我们甚至会觉得发生在自己身上的事是个极具戏剧性的话题，并将其作为谈资，时不时拿出来向别人吹嘘一番。

可是，不知从何时起，命运的齿轮逐渐变得错乱起来。

我们两人之间，总是弥漫着一种奇妙的紧张感。

我们也搞不清其中的原因，只好认为是习惯了彼此，或是感到厌倦了。但我们心里都知道并不是这些原因。为了缓解这种紧张感，我们也都曾努力过，但却始终没能成功消除，这样的状态也一直持续了下去。

我们没有把这种感觉说出来。可能是因为我们担心无法很好地表达，也可能是我们都想假装一切安好吧。

后来，那个夜晚到来了。

那是个下着大雨的星期五。

凌晨时分，雨势也丝毫没有减弱的迹象。

那天千明去参加了公司的聚会，回来得很晚。她酒量很好，但那天却喝醉了，进家门的时候脚还有些不听使唤。

我记得自己当时正在房间里工作，听到她的脚步声我就知道她应该是喝醉了。

外面很快就安静了下来。但我觉得有些奇怪，她好像没有回自己的房间。当时我也打算睡觉了，于是便出门去洗手间。

忽然，她的背影映入眼帘。

她大衣也没脱，静坐在厨房的桌子前。她垂着肩，低着头，一动也不动。

她的背影让我产生了一种不祥的预感，我愣在了那。

“千明？你怎么了？”

我张口询问，而她的身体微微颤抖了一下。

“……我有点喝多了。”

听到她的回应，我才松了一口气。

“你感觉不舒服吗？要喝水吗？”

“嗯。”

她的声音有气无力的。我走进厨房，从冰箱里拿出了一瓶矿泉水，又把矿泉水倒进玻璃杯，回头看了看她。

千明睁着眼睛，盯着桌子上的某处。

我被她的表情吓到了。

她根本没有喝醉，那双眼睛看起来比任何时候都更冷静。但她像失了魂，仔细一看，她的眼睛红红的，我这才注意到她哭过了。

“怎么了，发生什么了？”

我把玻璃杯放在她面前，坐在了她对面。

“没什么。”

她脸色苍白，慢慢地摇了摇头。

“但是，你在哭啊。”

被我这么一说，她才意识到自己在流泪。她慌忙地擦拭了眼角，又揉了揉脸，但视线始终聚焦在桌子的一处。

“有什么烦心事吗？”

我看着她问道。她的眼睛越睁越大，然后使劲摇了摇头。

当然，我知道她是在掩饰着什么，因为我还是第一次看到如此惶恐的她。

“我们约好了有什么事都要一起商量的吧。”

我催促道。

那是我们刚开始生活时，一起定下的规矩。

“我不能说。”

“我们不是约好了吗？”

她无力地回答我，但我还是想让她开口。我必须要知道，究竟是什么让她如此惶恐。

她还是保持沉默，而且极力地想避开我的视线，我还是第一次看到她这样。

不明所以的不安感，慢慢地涌上我的心头。

我等待着。无论如何我也要听到她的回答。

终于，她像是放弃了抵抗，开口说话了。

“高城向我求婚了。”

她的回答让我始料未及。我感觉像是被狠狠地击中了。

我很是震惊。但并不是因为她被求婚这件事，而是我实在没想到自己会因此受到如此大的打击。

“然后呢？”

我的声音变得有些沙哑。我拼命抑制住内心的动摇，但又不理解自己为什么会如此不安，心里也一片混乱。

高城雄二是她同社团的前辈，他们已经交往两年了。高城是个可靠的好男人，周围的人都能看出他深爱着这个女人，作为结婚对象他也是无可挑剔的。

她又摇了摇头。

“你拒绝他了？”

“我没有答复他。”

我追问后，听到她声音低沉的回答。

不知为何，我觉得松了口气。

“其实，高城跟我说了好多次了。”

她低着头说。

“求婚的事？”

“还有让我搬离这里。”

“离开这儿？”

“他让我不要再和千浩你一起住了。他对我们住在一起这事儿挺不满意的。”

“为什么？”

我的不安感越来越强烈了。我感觉有个近乎恐怖的念头慢慢地爬上了我的后背。

“他是这么说的。”

她的声音还是很阴沉。

“我看你们一点也不像是兄妹。与其说你是和哥哥住在一起，倒更像是在和男人同居。我不同意你和千浩住在一起。”

她小声地说着，声音还有些颤抖。

强烈的不安感再次袭来，这次还伴随着浓浓的恐怖感。

原来从外人看来，我和千明是那样的关系啊，这让我有些受打击，但更糟的是，我觉得高城看透了一切一般，直击要害。

她终于抬起了头，看着哑口无言的我。

我忽感毛骨悚然。

直视我的这双眼睛，竟如此陌生。

她的表情因痛苦而有些扭曲，眼中因泪而湿润，流露出阴暗而妖艳的光芒。她像是丢了魂儿一样看着我。

我起了一身鸡皮疙瘩。一股难以形容的感觉笼罩了我——我必须承认，我从中感受到的不只有恐怖，还有些莫名的快感。我在这种状况下，竟然还感到有些愉悦。

“我不能去高城那里。”

她含着泪说道。

在厨房灯光的照耀下，她显露出一种壮烈的美感。

那是一种我从未见过的，别样的美丽。

“因为，我和千浩可是……”

她说了一半，就猛地趴到桌子上，号啕大哭了起来。

我呆呆地坐在她对面。

多么愚蠢啊。

我被摆在眼前的事实所压倒。

高城准确地道出了我们现在的状况，我和千明之间存在的并不是亲情。虽然我们都不愿承认，但其实我们还对彼此抱有爱恋。

就这样，我们的生活一点点迈向了地狱。

10

他的眼神在空中游移的时候，我总会看向那透过树叶间隙照射下来的斑驳阳光。

在摇曳的阳光中，被我们用沉默压抑住的感情和欲望的碎片，如影子般瞬间划过。

斑驳的阳光之下存在着一个深渊，深绿色的水底有许多鱼在不安躁动着。

鱼儿们有时会游到水面附近摆动尾鳍，但我却数不出那里究竟栖息着多少条鱼，也看不清游鱼的样子。

我知道他又想起了那个夜晚。

那个打破了我们平静生活、导致我们走向如今这条道路的夜晚。

那是个下着雨的星期五。

外面下着真是令人讨厌的雨，还夹杂着冷风。我的长筒袜被淋湿了，很不舒服，头发也变得乱糟糟的。当我竖起大衣的衣领，走在夜晚的街道上时，我知道使我感到心烦意乱的，不只是这糟糕的天气。

我在公司的聚会上待了整整两个小时，到了和雄二约好的店时，他已经喝醉了。走进店里，他宽大的背影映入眼帘，那一瞬间，我才意识到，他已经在心里积攒了太多的苦闷。

我有些犹豫，不知为何，我有种想要就此逃离的冲动。但在我付诸行动之前，他回头看到了我，我只好微微一笑，坐到了他旁边。

虽然他的脸上也露出一丝笑容，但那笑有些敷衍。

我点了杯吉姆雷特鸡尾酒，有些忐忑不安。

虽然没和千浩提起过，但是千浩的事梗在雄二和我之间已经日益严重了。

雄二本来把千浩当作后辈，平时经常关照他。久而久之，我被雄二吸引，开始和他变得亲近起来，最后开始和他交往。

但后来，雄二渐渐开始想更加深入地了解千浩。

他开始向我打听更多我和千浩生活上的事，我从没有回应过他。我本想委婉地避开这个话题，但他还是不停地问我。问完之后，又总会生一肚子气。

我知道他对千浩抱有嫉妒心，但我却没有当回事。

我上高中的时候，有一个喜欢的男生，他有个妹妹比我小一年级，我就非常羡慕他的妹妹。他妹妹竟然可以和他住在一起，而且每天都能和他聊天，呼吸同样的空气，真是让我嫉妒。

但是，经过一次偶然事件，我才察觉到雄二的嫉妒有所不同。

那是个周末，我们在银座吃完饭后，打算再找一家酒吧小坐。我们走到背街小巷时，路过了一家营业到很晚的进口食品专营店。恰巧那家店里有款千浩很喜欢的饼干正在打折销售。那是一款胡椒和芝士粉味道的辣味饼干，千浩经常拿它当下酒菜吃。但是由于上货渠道出现变化，附近的高档超市不再销售这款饼干了，想买到还是有些困难的。

所以我对雄二说："等我一下。"然后去店里买了很多。

"你买的什么？"

雄二问道，我没有多想，就回答了他。

"这是千浩喜欢吃的东西。"

我到现在也忘不掉雄二当时的神色。他的目光像是刺穿了我的身体，使我动弹不得。那是夹杂着憎恨和嫉妒的火焰般的目光。

他那样看了我一阵，但并没有过多久，就注意到了我害怕的样子，便放松了表情。可我却觉得他盯着我看的时间十分漫长。他生我的气了。

我被他吓出了一身冷汗，只好低着头默默地走在他身边。我感到非常内疚，心情也糟透了。我开始觉得自己是个不贞的女人，雄二刚才的眼神仿佛就是在告诉我这一点。

"对不起。"

雄二的声音很生硬。他没有看我，小声地向我道歉。

“我知道刚才是我不对，但我实在忍受不了你和其他男人住在一起。”

他的声音很是低沉。我从他侧脸的表情能看出，他已经烦躁到了极点。

“你想多了。”

我不由得反驳了他。

“我们只是兄妹。”

“不是。”

他马上打断了我的反驳，回过头来。

我跟他的目光相对，身体开始颤抖了起来。

雄二这次没有再掩饰自己的表情。他的目光已经恢复了平静，甚至比平时还要更加冷静。

“不是的。”

雄二慢慢地摇着头，又重复了一遍。

“会那么想的人——不，深信你们只是兄妹关系的人，只有你们自己啊。”

“怎么会。”

我努力想要笑出来，但还是没做到。

雄二的态度让我倍受打击，从那时起，我的内心深处就开始怀疑，也许他说的都是对的。

后来我们便没再谈论那件事。我们到了酒吧，尴尬地喝了会儿酒就各自回家了。

那之后，我们虽然再也没说起过这个话题，但也只是嘴上不提（不，是因为说不出口吧），千浩的事就成了我们之间越来越难以调节的矛盾。

我开始觉得雄二有些可怕。

按照一般的标准来说，他应该算是理想的结婚对象。

他相貌堂堂、人品也好，是个大家都看好的青年；聪明温厚，又有领导能力和包容心，而且能说会道，深受长辈喜爱。他的言行举止也能透露出良好的教养。他在一流企业工作，公司内部对他也抱有期待，有意培养他为公司高层。女孩子们都很羡慕我能和雄二交往。

但他的无可挑剔和优秀，对我来说却渐渐变得可怕。

与他的正直、完美和光明磊落相比，我是如此卑微。每当听到别人赞美他时，我就觉得自己心中有种说不出的反感和违和感。

他只表露过那一次对我和千浩的怀疑，那之后，他看我的目光中就再也没有了猜疑。虽然不知道他是不是在伪装自己，但他的确很信任我。

他那清澈的目光，渐渐变得充满苦恼。

他要是继续猜疑下去，我可能会就此离开他。如果他表现出极强的嫉妒心，也许会给我一个逃离他的理由吧。

但是雄二没有那么做。他还是信任我，继续保持着他的完美形象。

雄二好像已经暗中告诉了周围的人，说他想和我在一起。

这使得我会被初次见面的人祝福，被大学时代的朋友嘲笑或是羡慕。这样的事接连发生了数次，让我不知所措。

现在回想起来，雄二是一直在扫除外部障碍。只要我坚持认为我和千浩只是单纯的兄妹关系，只要雄二能继续证明他是个无可挑剔的恋人，我就没有理由逃离他。

我已经走投无路了。我和千浩的关系也因此蒙上了阴影。

千浩注意到了我的小心翼翼，也很快意识到我和他之间弥漫的紧张感。

他对此有些疑惑。虽然他一直对此耿耿于怀，但也没有开口问我。就算他真的开口问我出了什么事，我也没办法回答，也不准备回答他。

他应该也明白我是不会告诉他的。有时，他会偷偷看着我，那眼神里充满的担心令我心中钝痛。另外，我又对他感到焦急和怨恨，因为他的直觉明明一直很准，现在却察觉不到我的处境艰难。

自从那次雄二在银座宣泄过之后，我再也无法像以前那样和千浩自然地相处了。我对自己的矛盾感到有些恼怒，但也无可奈何。

每当和千浩有所接触时，我脑中都会响起雄二的声音。

“不是的。”

在假日的夜晚，我和千浩看着电视喝着啤酒，闲聊着笑作一团的时候，雄二的声音也会在脑中回响。

“会那么想的，只有你们自己啊。”

因为他的声音太过清晰，总是让我瞬间就紧张起来。

千浩会看着我问道：“怎么了？”

我虽然惊魂未定，也只能苦笑着回答一句：“没什么。”

这种情况已经发生了无数次。

雄二那句“不是的”让我饱受折磨。

互道晚安然后回到各自房间时，早上一起出门、去各自的车站站台时，看着对我挥手告别的千浩的笑脸时，雄二的声音都会一遍遍地响起。

最初我都会在内心极力否认，慢慢地也就麻木了。我怀着畏惧之情开始思考雄二的话。

我对千浩的感情真的只是兄妹之情吗?

我确信我是爱着千浩的。他就像是我的分身一样。我确确实实地为他是自己的家人而感到惊讶、感动，也感到高兴。我觉得我们像现在这样生活在一起也是无可非议的。

但是，我们之间真的只是兄妹之情吗？

我又是什么时候开始思考这个无法用语言表达的问题呢？

那天晚上，千浩出差不在家。

我一个人在家吃饭。

我记得，那天晚上特别寂静。不知道为什么，我并不想打开电视，便一个人坐在餐桌前发呆。

空荡荡的家，千浩不在的家，万籁俱寂的家。

我真的是在以妹妹的身份爱着千浩吗？

我一直以来都不愿面对的问题，突然清晰地浮现在脑海中。

我的心变得平静。

当我认识到自己心中的疑问时，我就觉得现在正是思考这个问题的时机。

于是，我便开始认真思索起来。

我坐在厨房的桌子前，一动不动地想了一整晚。

不知不觉，黎明的光芒从窗帘的缝隙射了进来。

那一瞬间，我趴到桌子上悲伤地呻吟起来。

我用额头不停地敲着桌子，感觉自己陷入了深深的绝望之中，仿佛马上就要沉入黑暗的沼泽。

不是的。雄二的声音在脑中回响。

不是的。另一个我在心中呼喊。

不是的，我们不是那种关系。我和千浩的声音重叠在了一起。

那个下着雨的星期五，雄二静静地看着我的脸。

“公司下指示了。”

他慢条斯理地说道。

之前听他说过，公司马上要进行人事调动，他有可能会被调到别的地方。

“我被调到博多了，我希望你能和我一起去。离开那个家，跟我走吧。”

他的声音听起来像是在下最后通牒。

他看着我的眼睛，仿佛是在告诉我一个坏消息。

令人不寒而栗的沉默，弥漫在我们二人之间。

如果现在有陌生人在场，那他绝对看不出雄二已经向我求过婚了，甚至可能会以为我们正在谈论分手的话题。

我不知不觉地哭了出来。

我没有意识到自己在流泪，仍在看着调酒师动作流畅地调着酒。直到雄二轻轻地擦去了我的眼泪，我才知道自己哭了。

当时的我不知道自己为什么会哭，但现在，我明白了。

那一刻，我失去了两个最爱的人。

他的求婚，意味着我和雄二的分手，也意味着我和千浩的告别。

11

我感到呼吸有些困难，便站起身，打开窗户，坐在了窗边。

可能是因为，坐在正对面看她的脸让我有些难受吧。

我拿出早就想抽的烟，匆匆点上了火，向着窗外，叹息一声，吐出了烟雾。

公园里的树木枝繁叶茂，让人在夜晚的空气中也能感受到浓厚的盛夏气息。路灯把公园里空着的长椅照得亮堂堂的，钟表的圆形表盘像一张白色的脸，飘浮在黑暗中。

拂面吹来的风是温热的，一点也不能使我燥热的脸降下温来。

虽然我知道，事到如今再重提我们经历过的那个地狱也没什么用了，但看着她不能再像以前一样露出天真无邪的笑容，还是让我真真切切地感受到了我们所失去的东西。

“我和千浩可是……”

她那天晚上没说完的话，其实也是我心中所想。那些像楔子一样钉在心中的话，最终也没有拔下来。虽然我们都没有再提起过那没说完的半句话，但它却深深地扎进了我的内心深处，至今仍不时地使我痛不欲生。

雨声在厨房里回荡，我坐在她对面，像个傻瓜一样呆愣地望着她哭泣。

老实说，我那时候很幸福。

那时候，我才意识到自己有多嫉妒高城雄二。后来得知她在高城和我之间选择了我，我又感到无比的喜悦。

那是种令人内疚、可怕的喜悦。

看着她颤抖的肩膀，我忽然觉得，爱情有时候，是一件近似于恐怖的事情。

而我听着雨声，却沉浸在了喜悦之中。那是一种近乎恐怖的、令人浑身战栗的巨大喜悦之感。

当然，我也有所预感。我预感到这份喜悦，到了明天就会变成地狱。所以，至少今夜，就让我沉醉其中吧。我真想把她那为我而痛苦的样子刻进心里。

天渐渐放亮，雨也停了，我们便回到各自的房间睡觉了。当我入睡的时候，仍在回味着那愚蠢的喜悦。

我在早上醒来整理着装时还算淡定。

但是，当我看到她准备早餐的样子时，喜悦的余韵瞬间消失了。

她不肯看我的脸。

她的全身都渗透出后悔、羞愧、苦恼和排斥。

我感觉像被泼了一盆冷水。

我惊慌失措地走出家门。虽然今天是星期六，但碰巧我要上班，真是谢天谢地。

而后，我们之间的关系也渐渐变得冷淡起来。

我意识到我们被困在了一个残酷的牢笼中。

怎么会这样?

我感到不寒而栗。

我和我爱的人在一起生活，那人正在家里等着我。但正因如此，我才感觉无法像以前一样轻松地回家了。

我发着呆走到了公司，在冷清的办公室里，我和其他没打领带的同事一样，默默地埋头于数据之间。

休息日的办公室，总觉得有些阴暗。大概是因为平时在办公室里工作是“日常”，既然是“日常”，那么从文字意义上理解就是能感受到办公室里充满阳光。而到了休息日，不在办公室才是“日常”，所以“非日常”的办公室才会让人觉得不自然吧。

在与往常不同的办公室里，我一如往常地工作着，但心却飘向了别处。我想起了今天早上她的背影，想起了仿佛要逃离她，从家里跑出来的自己。我的不安愈加强烈。到了中午晚些时候，我才去附近写字楼一楼的咖啡厅像往常一样吃了午餐。但吃饭的时候，我还感受到一种不真实感。

不知为何，现在回忆起来，总觉得当时是在以上帝视角观察着自己。

我仿佛到了高高的天花板上，看到自己正一动不动地坐在被擦得透亮的窗户旁边的吧台上，面前只有个空杯子。

我的周围有幸福美满的一家人，还有几个女人，还有大概是来东京探访什么人的年长者，十分热闹。但唯独我这里是真空的，没有声音。我的周围隔着一道看不见的墙，周围的喧哗声无法传到我这里，就像是在看一场无声电影。在这广阔的世界里，好像只有我所在的地方和她所在的公寓是真实存在的。

回到那里之后，我又该怎么像以前一样生活呢。

前一天晚上感受到的喜悦、胜利感正一点点变为恐惧，自己像是陷入了流沙，正在慢慢地下沉。我知道自己很快会被流沙淹没，但身体却动弹不得，连声音也发不出来。

那个时候，我第一次对她产生了恨意。

如果她没说那句话，我还能当作什么都没发生，正常开始今天的生活。

“都是她的错！”我知道这种想法很自私，但在脑中怎么也挥之不去。不是我的错，是她打破了我们之间的平衡。

现在问题是，马上就要到回家的时间了。

再过两三个小时，我的工作就结束了。我也没有任何留在办公室的理由了。

一股莫大的恐惧向我袭来。

我必须要回到那个牢笼中了。那个一刻也不能放松的牢笼，那个我为自己建造的牢笼。要在那牢笼里度过周末的两个夜晚，对我来说简直就像是永恒般漫长。

我摇摇晃晃地走了出去。

外面的明亮使我头晕目眩。

“喂？”回过神来，我才意识到自己听见了这明朗的声音。对我毫无隔阂，如初夏的风一般的声音。

我竟在不知不觉间给实沙子打过去了电话。

我不知道到底什么样的时机会成为命运的分水岭。

我现在也时常会想，如果那个时候实沙子没有到市中心出差，一切又会变成什么样呢？但是那天，她回应了我的邀请，爽快地答应了和我共进晚餐。我觉得自己被拯救了。她的生活中只有单纯的学术，这样简单的人际关系和她那轻盈的“空气感”吸引了我。

我逃向了实沙子，把她当作了一个心灵庇佑之地。

但是，内心深处的我，还和那天坐在咖啡厅的吧台时一样，什么都听不见，身体也无法动弹。被囚禁于恐怖之中的我，现在也僵冻在某个地方。

“那个钟表，我有时候会觉得它像个人。”

她的声音让我回过神来。

她抱着膝盖，像个孩子一样地坐在那里。

“有什么内疚的事，或是有什么烦恼时，我总会不自觉地向外看，看到那个钟表，就觉得像是有人在窥探着这边。我一个人的时候总是会被吓一跳。”

公园里那个立在银色杆上的圆形钟表。

仿佛在黑暗中呼唤着说：“没事吧？”

“我也这么觉得。”

我一边弹着烟灰一边点了点头。

在树丛中浮现出的表盘，时而像个温柔的监护人，时而又像个冷酷的看守。

我忽然想起了什么。

“我想起来了，是钟表。”

“什么？”

这次，她对我的声音有了反应。

“就是那家伙说的曲子啊！”

我突然兴奋起来，记忆一下子涌进脑海。

强烈的阳光射了下来。

没有一丝阴霾的蓝色在天空中一直延伸着，好像这个世界上不存在云这种东西。

我们在休息地休整了一会儿。

为了避开太阳，我们在树荫深处静静地喝着水。

从身上冒出来的热气和周围的野草混在一起，让人感觉自己也变成了森林的一部分。

那个男人却是一副轻松的样子，和我们保持着距离，站在一边。

他像是想起什么似的看向我们。

“我记得你们说过是在网球社团认识的吧？”

突然，他的手机响了。

听到他手机铃声的旋律，我有些意外。

是“古老的大钟”。这首歌最近因为年轻歌手的翻唱又再度进入人们的视线。

“不好意思，我接个电话。”

他神色慌张地向我们道歉，然后快步走开，小声地接起了电话。

过了一会儿，他回来了。

“不好意思，最近业务联络的电话比较多。”

“没关系。”

我摇着头说，然后又和他聊起了手机铃声的话题。

他还是有些过意不去，看起来有些害羞。

“我家孩子很喜欢听这首歌。明明现在连话都说不清楚，但一听到就会跟着唱。真没想到这首歌还能再次流行起来啊。正好手机里有，我就直接用来做铃声了。”

“这样啊，还真是个有乐感的孩子。最近应该还有不少流行的歌曲，他偏偏喜欢这首，是什么地方吸引了他吗？”

她圆滑地加入了谈话。

“最近的流行歌多是节奏快曲调复杂的歌曲，像这种悠扬的曲调，孩子听来应该会比较舒服吧。”

我也随声附和。

然后，我不经意地说道：

“说起来，我家里也有一个很大的钟表。那是从爷爷辈传下来的很气派的钟表。但是就像那首歌的歌词里写的一样，那座钟表在我小时候就坏掉了，成了一个摆设。上面刻着像日光的东照宫样子的雕刻，是那种有趣的东西方合璧的设计，我每天都会盯着那钟看好一会儿。”

“哦，那已经算是古董了啊。”

他看起来对这个话题挺感兴趣。

“是啊，那时候的钟表个头都挺大的。”

我点了点头，然后发现他的视线在空中游移。

“那样的钟表，应该很稀少的吧。”

我受到了打击，焦躁感一点一点涌上心头。

我意识到很可能是自己的所作所为造成了我们身份的暴露。

“是因为那个吗？”

“因为什么？”

她调整了下坐姿，探着身子问。

“是因为钟表啊。我真是个笨蛋，我跟他聊到了老妈家里那座钟表的事啊。”

我内心仍沉浸在冲击中，便从窗户边上下来，坐回了她面前。

她摆出一副担心的表情，脸色还有些苍白。她那副表情真是令人怀念，我的胸口又开始隐隐作痛。

“你说钟表……”

她的目光闪烁不定。看起来她并没有对我受到的打击感同身受，这让我有些焦躁，明明那是个如此重大的失误。

我亢奋起来，语速也变快了。

“就是老家走廊拐角处的那个钟表，虽然已经坏掉不走了，却很气派，是个像古董一样的钟表。它的颜色已经褪掉了，但还是很华丽，钟表顶部还有一些乱七八糟的雕刻。对了，我们还聊到上面的雕刻很像‘日光的东照宫’这件事了。那家伙一定是来老妈家时看到过那座钟表。他当时绝对注意我们说的钟表和他见过的那个几乎一模一样。”

那样的钟表，应该很稀少的吧。

我真是个笨蛋，一定是那个时候暴露的。我说的话使他更加确信我们的身份。

“搞砸了。我们明明已经那么用心地准备了，可还是……”

她茫然地看着不知所措的我。

好像不明白我说的话一样。

我恨恨地看着她，因为她根本没有感受到这件事的重要性。

但她始终保持着诧异的表情。

我发现她可能真的对这件事有些不理解。

“你说的钟表……”

不知道是不是我多心了，总觉得她的声音很沙哑，听起来有些奇怪。

千明慢慢地摇了摇头。

“我，不记得小时候见过那种东西。”

12

回想起来，我一直都觉得很奇怪。

是从什么时候开始的呢——也许，从最开始就是如此了吧。

每当他提起小时候的事，我都会心神不宁。

那种不安的感觉，就像自己眼睁睁地看着一根针慢慢地刺进了一个陌生人的身体里。但我一直以来都在抑制着这种情绪。

我总是安慰自己，那些都是很久很久以前的事了，自己就算没有那时候的记忆也不奇怪。但每次从千浩的口中听到自己小时候的故事时，我都会真心地质疑自己。

我怎么想也记不起来了。

我的直觉在向自己说道。

千浩所说的“我的故事”，难道是别人的事吗？

我时常会有这种想法。

但也有可能只是自己不记得了，因为自己是养女，也不好向父母核实，只好默默地听着千浩讲述了。

我也依稀记得家里还有别的孩子。我记得那个孩子总是在哭，搞得我心情烦躁。但其实，我根本不知道那孩子是男孩还是女孩，也就更不确定那孩子是不是千浩了。

千浩对自己的记忆讲得如此自信，而我却什么也不记得，这既让我感到羞愧也有些不甘心，所以我不得不附和着他，把自己记忆里的那个小孩子当作他了。

他常常会提起我穿过一双走路会发出声音的鞋，但我根本不记得有过这回事。如果我真的穿过那么烦人的鞋，应该是会有印象的。

这次他提到了钟表的事，我感觉压抑至今的情绪终于在此爆发了。

也可能是因为我天真地认为，反正已经不能再和他生活在一起了，也就没有必要忍受这种不安的情绪了吧。

“你不记得了？那座钟表的事？”

他一脸被背叛了的表情看着我。

我虽然有些内疚，但还是使劲点了点头。

“真的，一点也不记得。”

“那么大的钟表也不记得？”

“我完全没印象。”

我静静地摇了摇头。

“说实话，我对小时候的事都没什么印象。可是千浩对那些事都记得清清楚楚，我不好意思告诉你，才随声附和，其实我一点也不记得那些事了。”

我终于向他坦白了，他目不转睛地盯着我，好像是想弄清楚我说的话是真还是假。

“也可能是因为我从小就被送到别人家做养女才会这样的吧，一定是为了融入新家庭才无意识地忘掉了之前的事。而且光是接受那些新的人际关系和家庭情况就已经让我的大脑竭尽全力了，所以才导致之前的记忆都被忘却了吧。”

我像是找借口一样补充道，一种内疚感油然而生。

“原来是这样啊。”

他嘟囔着。

“原来我们并不是对所有的记忆都感同身受的啊。”

他的声音听起来很寂寞。我觉得很对不起他，但也不知如何是好。

他又点了一根烟。

“不管怎么说，那家伙一定是把钟表的事作为了线索，这点是毋庸置疑的。结果还是我输了啊。”

“怎么会这样。”

令人尴尬的沉默。

和之前又有所不同，这次是充满了杀气的沉默。

我突然觉得有些自暴自弃。

是的，我们对一切都没有、也没能感同身受。我们只是幻想着我们都保有同样的记忆罢了。我们到底在干什么呢？赶紧离开这里就行了，为什么非要在这间什么也没有了的空屋子里谈这些令人不愉快的事情？简直就是在浪费时间，浪费生命。

我盯着墙壁发呆，那个男人的背影忽然浮现。

他宽阔的后背像是浮现在了墙上，出现在我眼前。

那个在被绿色覆盖的山路上，有力却又缓慢地攀登着的背影。

透过树叶间隙射下来的斑驳阳光在他的背上玩耍跳跃着。

当两个从没一起相处过，从没见过，甚至不知道其存在的孩子出现在他面前时，他在想些什么呢？

会感到意外吧。当他发现我们的身份后，又会有怎样的感情涌上心头呢？

“会觉得我们是来责备他的吗？”

我一不小心说了出来。

“什么？”

他抬起头来。

“我是说，当他意识到咱们俩是他的亲生骨肉之后，会以为我们专程来找他，就是为了当面指责他的吧。”

“有这个可能性。”

他面无表情地点了点头。

“那次旅行如果就那样继续下去的话，会怎么样呢？”

我看着他想了想说：

“会怎么样呢？”

“我们会向那个人坦白吗？告诉他我们是他的孩子。”

“肯定不会告诉他的。”

他立刻断言道，然后瞥了我一眼。

“反正我是没打算向他坦白的。”

我只得苦笑。

“我当然也没打算向他坦白，但是他会怎么样呢，会不会在临别时说‘你们难道就是……’这样的话来问我们呢？”

他想了想，然后又弹了下烟灰，终于还是摇了摇头。

“他不会问的。如果是我就不会问，顶多是以向导的身份来和我们告别。”

“那可不一定。”

我想象着那个场景，千浩可能也在想象着同样的事吧，虽然那个场景永远也不会出现了。

三个人欢声笑语地走在山脚下明亮的柏油路上。

我和他并肩走着，一脸郑重地看向那个男人。

那个男人也面带笑容，静静地看着我们。

他是以什么身份看着我们呢？是作为向导？还是作为父亲？又是否表现出了疑惑、踌躇、后悔或是惋惜呢？

我们一边冷静地分析着他的面部表情，一边又装作不知道他的真实身份，向他道谢并告别。

这段时间受您照顾了，这次旅行真是一次很棒的体验。

他会和那个男人握手吗？不，他应该是不会那么做的。

我会站在千浩旁边，和千浩一起向他鞠躬，然后带着感谢之情微笑地望着他。

仅此而已了。在这之后，我们和那个男人也许就再也不会相见了。我们会向他挥手道别，然后走上各自归家的道路。他会回到妻子的身边，而我们会泡一泡温泉，然后便回归我们的日常生活。

但是，这一切并没有发生。

那一天，那个男人的人生在我们面前被无情地斩断了。

最后的瞬间——最后的那几分钟里，到底发生了什么。

行程快结束了，空气中都弥漫着旅途结束带来的空虚。

那应该是我们那天最后一次休息。大约在下午三点，是个既安静又能令人放松的时间段。

大部分的行程都已经结束了，我们都感到一股充实的疲劳感，也就没怎么说话。

我们休息的地方是一片视野开阔的平坦草地，周围被阔叶树林包围着。这一天的路线并不怎么艰苦，所以我们还是比较从容的。

那是个平静的下午。当时我们之间的氛围不适合聊天。于是我们都想着自己的事情，纷纷走散了，没有在一起。大家也并不是想要一个人待着，只是不知不觉间就变成这样了。

周围都是茂密的树木，如果有人走进了树丛，也就看不到那人的身影了。

我一个人发着呆。

我已经被周围的风景蒙蔽了双眼，虽然睁着眼，但也只是睁着，头脑完全放空着。明明还有很多需要考虑的事情和想要去考虑的事情，可我的身体却在拒绝思考问题。我就这样被看不见的东西填满了脑袋，不知道什么时候，我蹲在了草地上。

说实话我也记不清是坐在了草地上，还是蹲在了草地上。

我眺望着天空，天空中烟雾弥漫的景色却没有入我的眼，我的手无意识地摆弄着地上的草。

我还依稀记着从膝盖附近飘上来的因摘草而产生的清香。

他和那个男人的身影，我都没有看到。我并不知道他们两个人到哪里去了。

哦，我想起来了。

我还是第一次如此清晰地回想起了那时候的事。

我的身体中慢慢地透出一股寒意。

我一直都不想回忆那件事。坠落的声音、他苍白的脸和在山崖下发现那个男人时受到的冲击，每一个都是我想忘记的回忆。

还有就是——

我其实不怎么记得那时候的事了。

我只记得自己的脑袋仿佛被烟雾笼罩，一切都模模糊糊的。记不得自己那个时候在干什么，又在想些什么。

就像我记不起小时候的事一样。小时候和他一起生活时发生的事，还有那个走路会响的鞋和设计得别具匠心的钟表，我都没什么印象——而现在，我也无法清晰地回忆起那个男人死时的情景。我一直都很害怕承认这件事。

但是，我为什么会感到害怕呢？我又在害怕些什么呢？我当时不过是蹲在草地上发呆而已啊。我没有看到任何人，顶多只是在附近闲逛了一会儿，根本没有见到那个男人。

但我为什么会觉得自己做了什么不可挽回的事呢？为什么这种不安感怎么也无法抹去呢？

我诚惶诚恐地自问自答着，却没有得到任何回应。

“那个时候你在哪里？”

我不再问自己，转而去问他了。我心里早就清楚，这不过是为了逃避罢了。

听到我的质问后，他的目光却变得冰冷可怕，还透露着些紧张。

我有些害怕，因为我预感到他会告诉我一些可怕的事。

“我在树林里抽烟。”

他慢慢地说着，像是在仔细地咂摸自己说出的话一般，语速比平时还要更慢。

“那天我一直忍着没抽烟，后来实在忍不住了。毕竟旅行之前已经和千明你约好了不会在旅行时抽烟，所以我有些不好意思，才偷偷躲进了树林里。”

“原来是这样啊。”

我松了一口气，对他表示了理解，然后向他笑了笑。

“然后，我看到了。我透过树枝看到千明你在摆弄着什么。”

他冰冷的目光盯向一脸错愕的我。

“千明你把草打成结了。”

“什么？”

“千明你在悬崖边的草丛里，悄悄地把草打成结了。我看到你一边慢慢地挪着身子，一边在打着结。”

“你说的是我？”

我忽然觉得鼻子里又充满了青草的清香。

又感受到了拔草时令人厌恶的触感，雾气也再次遮住了我的视线。

难道，我真的做了那样的事？

青草的气味越来越浓厚了。

我一瞬间又回到了那片草地上。青草像是经过了暴晒一样冒着腾腾的热气。

13

我终于还是说出了口。

我现在是一种既后悔又安心的复杂心情。

我突然想起了很久以前的事，记不太清是谁了，是高中时的伙伴，还是大学社团里的朋友吗？

那家伙和自己最喜欢的女孩交往了一段时间，但最后还是被甩了，分手的时候女孩是这么对他说的：

我其实并没有那么喜欢吃咖喱。

比起被甩了这个事实，那句话反而让他受到了更大的打击。那家伙特别喜欢吃咖喱，也喜欢各种带香辛料的料理，经常会跑好几个地方去吃。

他和女孩刚开始交往时，女孩说自己也很喜欢吃咖喱，他还觉得他们是情投意合呢，所以每次约会都会找各种咖喱的店，去大快朵颐。结果分手的时候女孩却说自己并不喜欢吃咖喱，那家伙好像还因此大发雷霆，说："那刚开始时你为什么要说自己喜欢吃咖喱啊？"

其实我比较理解那个说自己喜欢吃咖喱的女孩的心情。刚开始交往时，为了讨对方的欢心，强调自己和对方有同样的癖好和爱好也算是人之常情。不管是谁，多多少少都做过类似的事情。

我知道我之所以会想起这件事，是因为看到了她出乎意料般的反应。

直到今天之前，我都还相信着我们对小时候的事感同身受。真没想到我们之间微弱的情感纽带，竟会是她的阿谀奉承，我自己都觉得有些滑稽。

但就算真的是她说的那样，也不应该对那么引人注目的钟表都没有印象吧。

真是奇怪。

我和她一起生活过，所以我很清楚她的记忆力很好。经我观察，她还习惯于视觉记忆，但她竟然会不记得那么让人印象深刻的东西，真有些难以置信。

我突然觉得自己面前的女人像是个陌生人。

和她一起度过的岁月，仿佛都成了虚假的记忆。

不对，不应该是这样的。

我感到心中出现了一个可怕的想法。

难道说，是我们犯了什么重大的错误吗？

我拼命地打消了这个念头，然后试着努力回想，回想那个男人离开这个世界那天的事。

仔细想想，当时的她有些奇怪。

也可能是因为旅行快要结束了，所以我们都有些感伤吧。

到那个休息地之前，我们都没有说话。

那时那个男人大概已经通过我的刀知道了我的真实姓名，而且那次失误也只是刚过没多久，所以我们丝毫没有意识到已经暴露了，只是三个人默默地走着。

想必那个男人当时一定在拼命地思考着我们的真实身份吧。那段时间，我们都有些心不在焉。

我漫不经心地走着，心里充满了疲劳感和释怀感，我也已经厌烦了思考实沙子的事，所以身心都放空了。

“我们休息一下吧。”

那个男人如此说道。

我和她一脸诧异地看向那个男人。

突然我心里产生了疑问。

为什么我们当时的表情会是诧异呢？

我陷入了沉思。

我有些焦躁不安，便往行李箱上放着的空啤酒罐里弹了下烟灰。

她一声不发，像是沉浸在了思考中。

时间以令人难以忍受的速度，慢慢地流逝着，沉默也变成了沉闷。

我已经又开始抽烟了，但现在却没有心情顾虑她，也没有心情顾虑在室内抽烟会给屋子带来的影响了。

然后，我想起来了。

没错，仔细回想的话，那个男人提出休息的三十分钟前，我们就已经休息过了。

那天的行程并不十分劳累，完全可以一个小时休息一次，他却只过了三十分钟就提出又要休息。

所以我和她才诧异地互相看了一眼。

“这附近有个好地方。”

那个男人如此说道。难道是因为再往前走就没有合适的休息地了，所以才提前休息的吗？就算如此那个男人的提议也太过唐突，而且他的语气听起来也像是在找借口，是我想多了吗？

这里的确是个适合休息的好地方。

视野很开阔，还被树林包围着，是一块平坦的小洼地。

只是这里不在预定好的路线里。

那个男人突然离开了步道，快步爬上了一个小山坡。

他看起来很急，就好像是刚刚才想起来已经和什么人约好了在那边见面一样，慌慌张张地往那边赶着。

“这里景色真好啊。”

我客套地说。

其实，那天天气很好，休息地的景色也不错，所以我对休息本身没什么意见。只是在内心感到了一丝异样。

那个男人扔下看风景的我们，自己却消失了。

她也开始在休息地附近溜达了，我觉得这是个机会。

我早就想抽烟了。昨天就忍了一天没抽烟——也可能是因为昨天的行程过于紧张，导致我没时间也没精力抽烟吧。我原以为今天也能熬到回住宿地再说，但今天的路线比较轻松，心情也很从容，脑子里不知什么时候出现了想抽烟的念头，结果就再也忍不住了。

我悄悄地离开了她，走进了树林。

这里的树林虽然没有特别茂密，但多多少少也能隐藏住我的身影。

树荫下很舒服，我有些出汗了。

我抑制住瞒着她抽烟产生的内疚情绪，拿出了烟。我之前就把烟藏到了背包里，我苦笑着想，看来我是早就有预感自己遵守不了禁烟的约定了。

偷偷躲起来抽的烟，才是最美味的，我觉得自己好像又回到了高中时代。我一边感受着这罪孽深重的喜悦，一边又慢慢回味着。

然后，我就听到了她的声音。

一开始，我以为是那个男人回来了，她一定是在和那个男人说话，于是我抬起头来。

但我却只看到了她一个人，周围并没有那个男人的身影。

而我还是能听到她的声音。

我有些惊讶，便向她在的方向靠近了一些。

果然是她的声音。

只见她蹲在悬崖边，低声地自言自语着。

她是背对着我的，所以我听不清她在说些什么。

然后，我看到她的手在频繁地动着。

她在把草打成结。

意识到她在干什么之后，我吓了一跳。

她为什么要做这种事?

她看起来也不像是为了消磨休息时的无聊，因为她打结的动作十分用力，让人感觉她是真的很用心地在做这件事。

我实在搞不懂她这么做有什么意义，只觉得她像个小孩子一样幼稚。

没一会儿，我就对观察她失去了兴趣，转身又走进树林，接着抽烟去了。

抽够了之后，我就按照原路返回了。我想着休息结束之后，大家就会回到这里，继续走完我们的路线。

往回走的路上，我没有回头看她，也没见到她的身影。

在我从树林里穿梭，抄近路原路返回的时候，看见了正快步走向休息地的那个男人。

他可能没注意到我。

他果然是以休息为理由扔下了我们，然后又一个人跑到某个地方干些什么去了吧，我心里这么想着。

男人消失在了树林里。

我慢悠悠地走到了之前的道路上，伸了个懒腰。她也回来了。

她的表情看起来没什么变化，对着我说："今天还挺轻松的啊。"像是在寻求我的附和。我便"嗯"了一声。

那个男人却一直也没回来。

如果问我当时有没有听到什么东西坠落下去的声音，我只能说好像隐约听到了。

"你有听到什么奇怪的声音吗？"

我对那声音没有提出任何疑问，所以她看着我的脸，主动问了我。

我们又等了好久，那个男人还是没有回来。

风景恬静而美丽。

微风温柔而清爽。

然而，那个男人却没有回来。

我们越发觉得不安，便对望了一眼。

"怎么回事啊？"

"是出什么事了吗？"

"会不会是还在打电话啊？"

"打给他试试？"

我掏出了自己的手机，拨出了那个男人的号码。

我把手机抵在耳边，她也一声不响地看着我。

电话呼叫的声音一直响着，对方却没有接电话的迹象。

“嘟嘟”声响了二十下左右时，我把电话挂了。

“能打通，但是他没有接电话。”

“真奇怪。”

我们开始环顾四周，难道是他有急事先离开了？不对，如果有什么要紧的事也应该会提前和我们打招呼的。

那时，我就有种不祥的预感。

刚才那个男人快步走向洼地的身影又浮现在我眼前。

如果他一直都不回来，那我只能认为他还在那儿。

“难道说……”

我迈开步子。

“怎么了？”

“我刚才看见他往休息处的那个方向去了！”

我一边走一边回答了她，她也慌慌忙忙地跟上了我。

我们穿过树林，来到了刚才那片小洼地。

那个视野开阔，而且僻静的山头。

但那里却一个人都没有。我很失望，他一定是离开了我们自己跑到别的什么地方了吧。我当时想着应该再去别的地方找找他。

但是，有一股力量驱使着我留在了那里。

我一时说不出是什么原因。

“怎么办千浩？再给他打个电话试试？”

她不安的声音传进了我耳中，可我只是盯着那片洼地。

从刚才开始，我就觉得有些不对劲。

忽然，有一处吸引了我的目光。

是悬崖边上的那片草地。

我发现只有那一片非常乱。她刚才就是蹲在那里摆弄着草。

“千浩？”

她看着我说。

我不知不觉地走了过去。

到了悬崖边，我低头往下看。

那个男人就在下面。

当我靠近悬崖边上时就想到了可能会是这种情况。

我已经预感到，那个男人会以手脚大开的姿势倒在悬崖下。

悬崖下面是陡峭的溪谷。

在溪谷间能看到一条浅浅的小河，那个男人像人偶一样倒在河旁白色的沙地上。

他的身影十分渺小，渺小到我无法想象这就是刚刚和我们一起行走的那个他。

“千浩？”

她看我没了动静，便低声叫了我一下，但没有再靠近。

“他，就在下面。”

我竭尽全力地说出了这句话。

我感觉到她屏住了呼吸。

“他从这里掉下去了。”

我小声地说完后，才发现自己也在微微发抖。

“好远——他离我们好远。”

我低声说道。

现如今，那个男人离我们很远，远到我们再也无法触及。

我们都清楚，他，已经死了。

14

好远——他离我们好远。

虽然一个人独处时的记忆是模糊的，但他那时的话语，那绝望、又有些心不在焉的声音，至今仍在我耳边回响。

那之后的事，与其说是噩梦，不如说像是在眼前播放的无声影像。

他打电话联系了什么地方，打完后就让我在原地等着，然后他就去找下悬崖的路了。我虽然并不十分抵触，但还是不想探头往下看，我就像凝固了一样站在原地一动不动。

我也不知道我待在那里等了多久，但我们所处的位置比较接近山脚，所以下到悬崖下应该也用不了多长时间。

不知什么时候，悬崖下喧嚣了起来。好像是救援人员到了，下面也变得嘈杂。

他给我打来电话，说他现在就上来接我，一会儿下去了再和我细说，我就又等了他一会儿。

之后他和当地的消防人员一起出现，接上我后便一言不发地下山了。

“已经不行了吗？”

“嗯。”

我急切地问他，他却只回了我一个字。

后来的警察也问了我们很多问题，但由于我们和他也只是刚刚认识，当地的人见问不出我们什么，便对我们失去了兴趣。我们两个怎么看都是一副从城市来这里旅行的样子，当地人一定是觉得我们和这次事故没什么关系吧。

当地人似乎和他都很熟络。“怎么又跑到这种地方了”“他孩子还那么小”之类对他的家人表示同情的话语不时地从周围传出。

我们被要求留下联系方式，然后就让我们离开了。虽然留了联系方式，但之后也没有任何人再联系过我们，我们本以为他的家属会打来电话询问我们当时的情况，还为此做好了准备，但最终也没有接到任何电话。

我们还担心如果使用假名字的事情因此暴露了的话，还可能会被调查一番，但我们终究只是路过的局外人。当地的报纸上刊登了这次事故，也只有短短数行。这短短数行便成了那个男人留下的最后的信息。

好远——他离我们好远。

他的声音又在我脑中回响起来。

现在想想，他的话像是预言。

无论是他还是那个男人的事，都像是已留在离我很遥远的岁月长河中，无法让我再有什么感觉的事。

“千明你那个时候有没有见到他？”

他突然向我问道。

“什么时候？”

“我们最后一次休息时。”

“我真的没见到，我当时只是在一个人发呆，没看到他的身影。”

我用力地解释着。我说的是真的，虽然我也记不得当时的自己在做什么，但我确定没有见到那个男人。我在心里也不停地这样告诉自己。

“也就是说，那天我们三个人都是单独行动的。”

他盯着行李箱上的啤酒罐陷入了沉思，然后又用手里的烟“咚咚咚”地敲了几下啤酒罐的边缘，把烟灰弹了进去。

他抽烟的速度变快了，这说明他正在集中注意力思考。

“那家伙当时到底去干什么了。”

“什么干什么？”

“我想起来了，那次休息之前的三十分钟我们就休息过一次了。那家伙一定是有什么事要做才又让我们休息的。他特意把我们带到那个地方，然后扔下我们不管，去做自己的事了，最后再回来找我们，他为什么要这样做呢？”

“会不会是想上厕所……或者是去打电话了？”

“嗯，我开始也是这么想的。”

他神情严肃地点了点头。

“但是回想一下当时的情形，我觉得他好像还有别的什么目的。”

“别的目的是指？”

“虽然只是单纯的直觉，但我感觉他好像是调查什么去了。”

“调查？在那种地方能调查什么呢？”

“不知道，但是他特意背着我们慌忙地跑走了，这让我觉得他一定是去调查什么东西了。”

他低声说完后，又抽着烟陷入了沉思。

调查，他要调查什么，在那样的山上又能调查什么呢？

“他是不是去调查和我们有关的事情了？”

我战战兢兢地问他，而他却面无表情地看着我。

“我也觉得这么想比较妥当。”

“等一下，我们再梳理一下线索吧。”

我张开了双手。

我不知道我们到底在谈论些什么，是在谈论我们的事吗？还是在谈论那个男人的事？是在谈论过去，还是在谈论未来呢？

“那个人看到了千浩你的刀，发现了你用的是假名字。第二天，你又和他说起了钟表的事，所以他隐隐约约感觉到我们——或者感觉到千浩你有可能会是前妻为他生的孩子，是这样的吧？”

“嗯，差不多。”

他点了点头，又突然说了一句：

“对呀，那家伙只是怀疑我，他应该想不到我们两个都是他的孩子吧。”

只有一个孩子。

我的脑中浮现出这句话。不知为何，这句话让我有些耿耿于怀。只有一个孩子。

但是我压抑住这个念头带给我的负面情绪，向他问道：

“如果真是这样，你觉得那个男人会怎么做呢？在那深山里他要怎么做才能确认自己的想法呢？”

“这就是问题所在。”

他慢慢地点了点头，看起来他也理不出头绪了。

在什么都没有的深山里，调查同行者是不是自己的儿子，还不能被同行者发现，这样的事真的可能做到吗？

我和他都集中精神思考着。

但我还是有些心神不宁。

钟表的事，把草打结的事——关于那些记忆我都很模糊。

他说的话，从根本上动摇了我。我现在虽然坐在这里，但无时无刻不感到有一双手在抓着我的肩膀拼命地晃动。

“快醒过来，快想起来，这个世界已经不是你认为的那样了。”

我也是记得的。

那个男人坠落后，我们的休息地，准确地说悬崖边上的草地十分杂乱。我的确是蹲在那里过。我虽然后来没有见到那个男人的身影，但如果真的如他所说，是我把草打成了结，那么说不定就是我害死了那个男人。

我的胸口有些难受，太阳穴也变得冰凉，一个场景浮上心头。

那个男人正快步走向悬崖边，突然被什么东西绊倒了。

我不认为那个男人会被区区几根杂草所绊倒，但也不能完全保证他不会中招，毕竟他也可能完全没预想到会有这种情况出现。

所以他才一直都怀疑着我。

我小心翼翼地看了看他的脸。

他看起来比我还难过，好像还在为自己一直以来的猜疑而感到为难。

一定要保持好平稳的心态，我在心里想着。

他是想要去告发我吗？我会被他像挡箭牌一样推出去吗？

可我真的就是凶手吗？

我的头有些发晕。

真没想到自己会沦落到被怀疑的境地。他会告诉我问题的答案吗？还是需要我自己寻找答案呢，今夜又能否得出结论呢？

我感觉手里没了着落，便伸手去拿绿茶的瓶子。

塑料袋和饮料瓶都被瓶身外的冷凝水浸湿了，就像现在的我一样。

我咕咚咕咚地喝光了一杯已经变得温热的绿茶，马上又倒了第二杯。

“给我也倒一杯。”

他顺手把杯子递给了我，我给他也倒了一杯。

突然，他手里夹着的已经快吸完了的烟头进入了我的视线。

香烟。

奇怪的是，就在那一瞬间，他手里的烟头像是被打了聚光灯一样吸引了我的目光。

“香烟。”

我无意识地说出了口，他一脸诧异地看向我。

“你那个时候是躲起来吸烟去了吧？”

他还是一脸惊诧。

我的思绪如同电影般闪回。

我还隐约记得，当我离开休息地和他会合的时候，就闻到了他身上那微弱的烟味。

明明和我约好了旅行时不会吸烟，但他果然还是没忍住偷跑去吸了啊，我当时还在心里这么想着。

香烟。香烟的烟头。

“只有那一次吗？之前的休息时你有吸烟吗？”

他摇了摇头。

“没有，我之前没吸。”

“没有做什么类似于吸烟的事吗？”

“类似于吸烟的事？”

“那个人当时在怀疑你是不是他的孩子，但又不能直接问你，如果是你的话会怎么办？”

“调查一下眼前的这个男人是不是自己的儿子？”

我点了点头。

“即使当时没有条件，也是有办法事后调查的。你的毛发，你的体液，他可以获取类似于你的毛发、体液等物，然后和自己的做比较。”

“啊！”

他和我同时看向他手里的烟头。

“比如烟头什么的，不就很合适吗？电影里不是也有这样的情节吗？如今只靠一个烟头就能彻底地了解一个人的信息。”

“的确，可以拿来做DNA鉴定之类的。”

“那个人一定是在行程中注意到了这一点。如果他能得到你用过的东西，就可以在我们回去后，对你进行一番调查，来确定你到底是不是他的儿子。你仔细回想一下，你从上一个休息地到最后的休息地之间有没有丢过什么东西？”

“不……不对，等一下。”

他立刻否定了我，然后又变得有些不安。

“之前的休息地，是一个正式的休息场所吧。”

“没错。那里还有些其他游客，还有长椅和公共电话。”

“还有烟灰缸。”

他慢慢地看向手里的烟。

万宝路，和平时一样的牌子。

“我想起来了，我虽然没有抽烟，但是扔过烟头。”

他喃喃地说。

“那天我一直想找机会抽烟，休息的时候就一直摸着口袋里的烟和我带着的便携式烟灰缸。”

他一边回忆着，一边摸着自己衬衫的口袋。

“我的烟灰缸里还有几根之前抽完的烟头，我闲着没事就把里面的烟头倒进了休息地的烟灰缸里，大概有三四根吧。”

“那个人一定是看到了。”

看来我的直觉是对的，我松了一口气。

“他离开那里之后想到可以收集你丢掉的烟头，所以才折回去了吧。”

我一想到那个男人慌慌张张地往回赶的样子，就感到一阵揪心。

“你本来就只抽万宝路，再加上你一下倒了好几根烟头，所以只要他立刻赶回去，再从烟灰缸里拣出来，就能得到你扔掉的所有烟头。而且那些烟你也都是刚吸过没多久，烟头上很可能还残留有你的唾液，那个人肯定很想将它们拿到手。”

他是个向导，本身就会把看到的垃圾捡起来，就算他捡走几根烟头，别人也不会怀疑的，还可能会认为他是帮忙回收了哪个没有素质的游客丢下的烟头吧。

“所以他就让我们在那个地方等着，自己则急急忙忙地赶回了之前的休息地，以他的脚力，应该用不了多长时间就能赶回来。”

那个男人急忙赶回之前的休息地，气喘吁吁地凝视着烟灰缸的样子浮现在我脑中。

他一边留意着周围人的目光，一边又悄悄地靠近烟灰缸，向烟灰缸内窥探。

他的眼中，充满了期待与恐惧。

15

我们被回忆追上了。

我看着她那张苍白的脸，心中发出如此的感慨。

一年前的回忆，一直都在加速向我们靠近，如今终于追上我们了。

她的说法是合理的。上一次休息还没过多久，那个男人就又让我们休息，还背着我们不知道跑到哪里去了。

我的脑海里清晰地浮现出一个场景，那个男人猛然想起我曾往烟灰缸里扔过烟头，便慌慌张张地跑了回去，想要回收我扔的烟头。

他已经知道了吗?

一股后悔之情涌上心头。特地从东京过来旅行的陌生男子，也是来见亲生父亲的自己的儿子，那个男人就是这么看待我的——可惜他最终也没能确认我的身份。

“他一定也会害怕，也会忐忑不安吧。担心自己做的事会被我们发现，才急急忙忙地赶了回来。但如果他回来后找不到我们会怎么办呢？”

她自言自语着，说完又胆怯地看了我一眼。

“我觉得他应该会很慌张。可能会以为我们跟踪了他，毕竟你有可能会是他的儿子啊。”

“我觉得也是。”

我使劲点了点头。

“他慌慌张张地找我们，结果……”

沉重的沉默。

“——掉了下去。”

“有，这个可能。”

我叹息似的低声说，她也用同样的语气回应了我。

我们再也无法掩饰自己的感情，各自陷入了沉默。

我的口中又涌上一股苦涩。

那个男人的身影，在远处悬崖下逐渐变得清晰。

“是我们杀了他啊——不，是我。”

她小心翼翼地偷看着我。

也许真相就是我们想象的那样。就算和我们想象的有所差距，但是他因为我们的出现而产生动摇，导致他的心理状态与平时发生了很大变化这一点也是可以确定的。如果那份动摇使他犯了平时不会犯的错误或是失误导致了死亡，那么杀死他的凶手就是我们。

不，准确地说，是我的错。

虽然再次回想那时的事对我来说就像是自虐，但我还是咬着牙重新整理了思绪。

他大概做梦也想不到我们两个人都是他的孩子，最多只会怀疑我罢了。如果我没有让他看到折叠刀，没有和他提起过那座钟表，没有做任何让他起疑的事，那他也许现在还能抱着自己可爱的宝宝，过着幸福的生活吧。

“那是个意外事故。”

她小声说道。

“肯定是他没注意脚下打滑了。”

我不知道她这么说是为了安慰我，还是为了安慰她自己。

但如果那是安慰，可以说完全没有起到作用，甚至让我们更加强烈地体会到了那残酷的、令人痛苦的事实。因为正是那不幸的“疏忽”，使得我们的亲生父亲失去了他的人生，也夺走了他家人的正常生活。

我忽然变得呼吸困难。

难道我要背负着这份痛苦过完余生吗？每当我想到这里，我就觉得阴暗的绝望变成了沉重的铅块，硬生生地塞进了我的喉咙深处。

她想给正深陷噩梦中的我倒一杯红酒，可酒瓶却已经空了。

“已经喝完了啊。”

她有气无力地嘟囔着，然后站起身来走向厨房的水池边，把空酒瓶倒扣着放进了流水的水池中。

这是她的癖好。不管是装酒还是别的什么的，只要是空瓶子，她都会放在水池中，让瓶子在水中晃动。

“要喝烧酒吗？”

我无力地点了点头，她便沉默地倒上了烧酒。

我慢慢地拿起了摆在眼前的杯子，机械地送到了嘴边。浓烈的烧酒香味扑鼻而来，这酒香使得已被铅块堵塞的喉咙也感受到了香气。

“原来如此，是这么一回事啊。”

我不知不觉间说出了口，她一脸茫然地看向了我。

“没事，我只是想起了一些别的事。”

我发出了疲惫的笑声。那笑声就像是那种老年人发出的怪笑，连我自己都有些毛骨悚然。

“想起了什么别的事？”

“是《心》。”

“什么？”

“我想到了夏目漱石的《心》，你有读过吗？”

她看起来有些不知所措。

“读是读过……但这本书怎么了？”

“《心》这本书里，有一个情节让我印象十分深刻。‘先生’在信中写过，他年轻的时候曾夺走了挚友喜欢的人，导致了挚友自杀。”

“嗯，我知道。”

一旦开始把心里的想法讲出来，心情也就一点点变得轻松些了。

我松了一口气，继续说道：

“发现挚友尸体的也是‘先生’，在‘先生’发现挚友已经自杀了的那一瞬间，也本能地认为是自己做了无可挽回的事，害死了挚友。”

“对，我知道这段情节。”

“我记得书里是这么写的，‘先生’看到有一缕黑色的光，照进了他的未来，他的未来也因此变得灰暗。挚友的死，让‘先生’预感到自己今后的人生都被永远地蒙上了阴影。可能和原文不太一致，但大概就是这个意思。而现在，我和‘先生’有同样的感受。未来被阴影笼罩，原来是这种感觉啊，我也彻底地理解了‘先生’。现在的我甚至能写出一份充满共鸣的读书感想。”

我自嘲地笑了，她也低着头小声地笑了起来。

“我还在想你会说什么呢，没想到会是《心》啊。”

“真没想到文学作品还能指引我的人生，看来多读书确实能派上用场。”

“那算什么派上用场啊。”

也许是被这沉重的打击压抑了太久，我和她都开怀大笑了起来，笑得浑身没了力气，甚至连脸部的肌肉都要抽筋了。看来人类真的无法长时间保持紧张的情绪啊。

“我们可真是像傻瓜一样，父亲都有可能是因我们而死的，我们俩却还能笑得出来。”

“千浩你真是的。”

我们用自嘲放松了心情。

如果周围有人，那他们一定会觉得我们开怀大笑的样子太不礼貌甚至有些诡异，但我们就是停不下来。

“没关系的。”

她不经意间说出的话让我觉得很奇怪，便抬起头看向她。

她正呆呆地望着窗外。

从她的侧脸上已经看不到之前那种紧张感了。她现在的样子让我难以想象她就是刚才那个脸色苍白、对我解释着种种假设的女人。

“等明天我们离开了这里就会忘掉这一切——没关系的，人类就是这样，无论多么糟糕，也总能选择性地去遗忘，是吧？”

她的话让我深受感触。

我想从她的面庞里寻找指责的情绪，却没有找到。绝望的铅块被挤走了，内疚又取而代之，塞满了我的胸膛。

是啊，直到现在，她对我所做的一切都没有任何指责。

她在高城雄二和我之间选择了我，而我却理所当然般地享受着，充分满足了自己的自尊心，一次次回味着胜利的喜悦，之后又渐渐疏远她，甚至想要逃离她，躲到别的女人那里。

我想试着回想起实沙子的样子，但没能做到。可能是因为现在我的脑袋里满是一年前的事，实沙子对现在的我来说像是存在于另一个世界。

但我一想到实沙子，就有一种“安全感”。她能让我恢复平和、摒弃杂念，指引我回归“正途”。她就是我的避风港。其实，我是真心渴望能离开这个房间，虽然我知道今天注定是个不寻常的夜晚，但这最后的“晚宴”还是让我感到非常的忧愁郁闷。

但是。

心中忽然有个模糊混浊的念头冒出了头。

当我搬到她那里以后，就真的能过上“安全”的生活吗？

我感到一股凉意，这是我从来没有考虑过的问题。当我感觉生活充满危险时，一门心思地想要逃进那个避难所。可是当所有危险都过去了后还待在避难所里，这难道不是一种痛苦吗？

当“安全”的生活成为日常之后，我又能否忍受那份平静呢？

我的肩胛骨周围“嘎吱”地响了一下。

那是一种不祥的预兆。

也可以说是我的直觉。

自己将来一定会伤害到实沙子吧。我那不为她所知的丑恶之处会不断地伤害她，她会哭泣，会退缩，最后人生也会被我毁掉。

那阴暗的直觉，也如同《心》的那段文字一般贯穿了我的身体。

而且最糟糕的是，就在这一瞬间，我几乎确信了，我的直觉是正确的。

“但是呢，我又有些开心。”

突然，她回过头来，轻轻地笑了。

“什么？”

我不由得怀疑起自己的耳朵。刚刚，她说了“开心”，她究竟为什么会感到“开心”呢？

她依然笑着，不过低下了头。

“我们已经没办法知道那个人究竟是怎么死的了。不过可以确定的是，我们的出现影响到了他。”

她的眼睛里浮现出奇异的喜悦。

“我们要对那个男人的死负责任。我们是共犯，犯了同样的罪行，而且我们会永远地背负着这个罪名，一想到这里我就有些开心。你会生气吗？会觉得我疯了吗？但就算你这么想我也没办法。”

她紧盯着我的眼睛，表情也突然变得严肃。

“但是我还是很开心，因为这样我和千浩就共享了一个不能告诉任何人的秘密。”

我有些战栗的同时，又感受到了曾陶醉其中的那份快感。她果然还是喜欢我的。能确认到她的心意，我那卑劣的自尊心也得到了满足。

“死亡可真是奇妙。”

她又一次呆呆地望向窗外。

“自杀了的挚友使得‘先生’的后半生都生活在了束缚中，虽然和

《心》的这段情节有所不同，但是我们也是如此。我们之前未曾见过的父亲，不知道我们存在的父亲，成了我们今后的人生中无法摆脱的阴影——这一切仅仅是因为他碰巧死在了我们面前。”

的确如她所言。

那最后的瞬间永远地烙在了我们的脑海中。

刚才那种在我全身蔓延的绝望感。

无疑在我之后的人生中也会与我共存。

“如果是我呢？”

她的声音变得低沉。

我不由自主地看向她，身体仿佛僵硬住了。

她的身上散发出了一种我从见过的奇异光芒。

“如果死掉的是我，千浩你会忘记我吗？”

“干吗突然问这个？”

我努力使自己听起来像是很气愤。

但显然我失败了。我的声音不管怎么听都只有胆怯。

她从喉咙深处发出了“咯咯”的笑声。

“假如我现在死在这里——不，明天咱们分开之前，或者明天分开之后——如果那时我死掉了，你会一直记着我吗？我能和千浩今后的人生永远地绑在一起吗？”

她的语气像是在开玩笑，但声音却充满了真诚。

“你别开玩笑了。”

我避开了她的问题，手无意识地在榻榻米上四处摸索着。

可我却怎么也找不到那把折叠刀了。

16

我偷偷地把他的刀藏进了裙子的口袋里，但我并没有什么特殊的想法。

可能是他不爱收拾东西这一点让我有些厌恶吧，也或许是我自己想把那个外形优美、结构精密的刀具据为己有。

但最重要的原因，可能还是那把刀是他的东西——而且还刻着他的名字吧。

我是在为自己寻找一个纪念品。

我把自己的耳环藏进了他常用的包里，这样他就留下了我的东西，但是我这里却没有留下任何属于他的东西。我只是单纯地觉得这样有些不公平。

我趁他不注意的时候，悄悄地把那个小巧又有些分量的凶器，迅速地藏进了裙子不显眼的口袋里。

这个凶器的分量使得裙子口袋变得沉甸甸的，让我有些担心会被发现，但我还是很开心。

最初的时候，我们还经常会给对方准备礼物，比如喜欢的CD、爱吃的点心、小说、照片、旅行时买的土特产。人与人之间变得亲近，不在于你给予了对方什么东西，而在于你给予的东西是否饱含真情。

把饱含着自己心意的东西送给对方，在对方的世界中留下自己的痕迹，然后再慢慢地扩大自己在对方世界中占据的领域。这样，彼此就会成为特别的存在。我们彼此，本就该是这样特别的存在。

可现在，我在他的世界里还有一席之地吗？也许对他来说，我的痕迹也只不过是令人忌讳的不祥之物吧。他应该也不会带走我送给他的衬衫、手帕和领带吧。

今后，他的衣柜会塞满那个女孩子为他选的衣物，新家里也会满是她选的东西吧。

那一定会是和我选的风格不同。他们的房间也一定是柔软质朴的，犹如初夏的微风拂面一般温暖。

他选择的那个女孩子，一定不会像我一样咄咄逼人，不会让他的脸上出现阴霾，也不会让他陷入痛苦，更不会成为拖累他的累赘吧。

我感觉胸口快要炸开了。

好像一朵肮脏的水花溅在了我黑暗的胸腔深处，带起一片波澜。我的脊梁骨也仿佛被点燃，冒出了散发着难闻味道的烟。

我恨那个女孩，恨她能见到他崭新的一面，恨她永远都躲在光鲜亮丽的地方，更恨她始终都不用担心接触到肮脏的事物。

怎么了？出什么事了吗？

我快忍不住要尖叫了，因为那女孩的样子又浮现在了眼前。她略微歪着头，眼神里满是撒娇，还以一副担心的样子站在玄关迎着他。

没什么。

他温柔地笑了，用手抚摩着她的脸颊。

我不由自主地想象着，又因这想象而怒火中烧，虽然我知道从旁人看来，我的样子一定滑稽又愚蠢，但我还是忍不住要去想象。

那女孩明明什么也不知道，她不知道我和他一起度过的岁月，不知道我们的羁绊，也不知道我们之间的纠葛和我们陷入的困境，她什么都不知道。

或许没有爱就不会产生嫉妒。我无法否认这个观点，可是这份感情现在仍以逼人的气势袭击着我。那不择手段的锋芒和令人无法想象的痛苦快要将我的身体压垮了。

没有爱就不会嫉妒。可我的爱，却是虚无缥缈、根本就不应存在的。

我慢慢地深呼吸着，像是发出了一声长长的叹息。

我感到喉咙深处也在颤抖。这才发现，自己被那份丑陋的感情蒙蔽了双眼时，一直都在屏着呼吸。

想想别的事吧。

我无力地抬起手，悄悄地往杯子里倒了些烧酒。

就算他们现在感情很好，但时间久了那个女孩应该就会发现她根本不了解千浩，和千浩也没有任何共同点，对他的任何事都不会感同身受。而千浩绝对不会把我的事告诉她。因为假如他说了，也就意味着他们将会坠入一个新的地狱。

可我还是暗自期待着千浩把我们的事说漏。

这样，就可以在他们幸福的生活中，埋下一颗地雷。

当我手中的围巾被他抽走的一瞬间，我就明白了一切。而千浩如果说漏了我们的事也会让那女孩多少有所猜疑，猜疑会渐渐积累，最终那女孩也会受不了的吧。他是不是有事瞒着我？我又了解他多少呢？他陌生的一面究竟又隐藏了什么呢？诸如此类的疑惑会在那女孩之后的生活中无处不见。当她晾晒衣服时，疑惑会使她停下手里的动作。当她打开电脑等待电脑开机的几十秒里，疑惑的阴影也会降临在她身上。

他也是一样的。

我知道他心中也有着阴暗的一面——他把这一面锁在了一间只有他自己知道的房间里，不让任何人靠近。虽然我并不清楚他那房间里都有什么东西，但我曾见过那个房间的大门。

他能忍受那个女孩的天真到什么时候呢？

我冷冷地望向眼前的他。

就像我无法忍受雄二的无可挑剔一样，他也一定会为自己心中那份阴暗而感到内疚吧。

他对那女孩的内疚会一点一点地流露出来，可能是因为他再也无法忍受，也可能是他自己想要表现出来。

总有一天，那女孩会质问他，然后想尽办法让他开口吧。他也会疲于独自承担，最后会以那个女孩的逼问为借口——不，他一定把责任都推到那个女孩身上——最终把一切都吐露出来。

我沉浸于这残酷的想象。我的脑海中还浮现出那个女孩倍受打击的表情和他的窘态。我深知自己已经变得丑恶又残酷，但还是无法停止这令人愉悦的想象。

之后，他们两人的生活会渐渐地发生改变。与日俱增的名为“过去”的阴影，会使他们两人变得胆怯。

被称为“学术界新星”的那个女孩，一定觉得自己永远都处在安全地带。觉得只有自己永远和女人的丑恶无缘——拥有一份稳定的工作，又有学术的世界为其筑起高墙保护着她，她肯定以为像嫉妒、疑惑这样低级的情感，在她的世界中并不存在。

曾经的我也是这么认为的。

我也曾坚信着像圈子里的三角关系，情侣之间的吵吵闹闹，电视剧和综艺节目中反复出现的陈词滥调和八卦新闻等无聊的东西，永远和自己扯不上关系。

现在回想起来，只能苦笑着说自己太无知也太傲慢了。也正因这份无知和傲慢，内心中膨胀起来的激烈的感情才更使得我困惑、痛苦，也让我倍受打击。我的双脚像被不断涌来的海浪冲击得站不住也走不动了，甚至还被沙子绊倒了好多次。我曾经以为永远都是美丽的、绝对不会被弄脏的裙摆，也被沙子和海水弄脏了，而我却只能呆呆地看着。

现在的我，已经困在海里了。

我浮在海面上，看着那些在沙滩上的女孩子们，她们还天真地认为自己永远不会被海浪打湿。

就快了，就快了，海浪马上就要冲到你那里了。我在心中对着那个女孩说。

这海浪马上就会冲到你的脚边，你一定会被吓到吧。最后你会发现，只有这片海才是女人的容身之地。在海里挣扎、溺水、呛水，时而在海面漂浮，时而逆流而上，这些才是女人与生俱来的本性。

“别开这种玩笑了。”

他又重复了一遍。

他的语气很生硬，像是想要表现出自己的愤怒。

“玩笑？”

我发出了干涩的声音。

“你觉得我会拿这种事开玩笑吗？”

他可能被我严厉的呵斥吓到了，沉默了一会儿，又回过神来小声地说：

“接连失去亲人，未免也太悲惨了吧。”

他声音中透露出的软弱让我有些意外，我不由得看向他。

亲人。如果他是指一年前去世的父亲，那这个词未免太过无力了吧。明明几分钟前，我们还一直称呼他为“那个家伙”。

他好像看出了我眼中浮现的疑问，便移开了自己的视线。

“其实，老妈的身体状况不太好。”

“嗯？”

他出人意料的发言，打散了我模糊不清的情感。

“这是什么时候的事？”

“一个月前病倒了，到现在都还在医院。”

“是什么原因导致的？”

“蛛网膜下出血。之前也发作过一次轻度的，但这次状况不太好。”

“还有意识吗？”

“嗯，虽然大部分时间都在昏睡，但是叫她也会有反应，还能说话，只不过说不流畅。”

我们两人同时陷入了沉默。

“一个月以前——你为什么不早点告诉我。”

她也是我的亲生母亲啊。

我恨恨地看着他，他听出了我的言外之意，却露出了苦笑般的痛苦表情。

“你知道为什么。”

当然，我明白他想说什么。

他见过我的养父母，我却没有见过他现在的父母，因为他的母亲拒绝与我相见。

她几十年前就抛弃了女儿。她选择把儿子留在身边，女儿则送到了别人手里。也就是说，她没脸再见那个被她抛弃了的女儿，这点我倒是可以理解。

我一点也不怨恨她，我的养父母也同意我去见她，但我却觉得没有必要。就是因为这互不相见的默契，才让我们的关系维持到了今天。事到如今，我也不会因为她生病了就去看她。

他也明白这个道理，所以我可以想象到他的纠结。但我无法接受的是，他大概已经瞒着我去过很多次医院了，而我却没有注意到他的行踪，这让我有些烦躁。

“情况……怎么样了？”

我抑制住不满的情绪，向他问道。

接连失去亲人，未免也太悲惨了吧。

他的声音在我脑中回响。他应该是一不小心说出了心里的想法，母亲情况可能不太乐观。

“不太好。”

他简洁明了地说。

“现在还严格保持着静养，但是如果有一些别的什么原因，随时都有可能引发大出血，而且她本身出血的位置就比较深，手术难度也很高。如果强行做手术，还有可能造成病情恶化，所以现在只能保持静养，但长期下去，她的身体状况也会越来越差。”

“这样啊。”

我用尽全力才挤出这几个字。

“看护方面，有问题吗？”

不管怎么说，住院还是需要女性来护理的。我听说他的继父很能干，但这种情况下，多多少少会有些不方便。

“嗯，爸爸把他照顾得很好。”

他微微地点了点头。

“而且，实沙子也经常会过去帮忙。”

胸口又突然泛起一阵疼痛。我本来已经做好了心理准备，但这憎恨之情一瞬间便攻破了我的防线，如洪水决堤般在我体内肆虐。

当然，我也明白，我虽然是她的亲生女儿，但她并不想见我，我也不应该去见她。而那个女孩是他的未婚妻，很快也会成为她的女儿，所以他才会拜托那个女孩去照顾。

“让我去看看她吧。”

我几乎要喊出来了。

他惊讶地看着我。

“让我去看看她。只看一眼就好，即使她不能说话也没关系。因为我们可能再也见不到了对吧？所以，让我去看她一次吧。”

“这……”

他一时语塞，视线开始飘忽。

他的眼睛里满是混乱与迷茫。

我顿感愕然。因为他眼睛里的迷茫，就证明了病情的严重程度。

接连失去亲人，未免也太悲惨了吧。

“求你了。”

我不停地请求着他，可他依然一言不发。

17

看到她现在这个样子，我开始后悔告诉她这件事了。

真是愚蠢。

我的疏忽害死了那个男人，这种可能性使我心神不宁，让我变得懦弱，才不小心说漏了嘴。

我本来没打算把母亲的事告诉她。

正是因为母亲对自己曾经做的选择深感后悔，才不愿再次与她相见。这的确是母亲的风格，她总是在这种地方对自己很严格。

她也敏锐地感知到了这一点，所以绝不会主动提出去看望母亲。可能也是顾虑着她的养父母吧。她不会到现在才特意去看望自己的亲生母亲，也不会为了已经无法挽回的既成事实给自己平添烦恼。人这种生物，一旦互相见了面，就会在脑中产生各种想法，考虑一些有的没的，比如对失去的岁月和本可能一起度过的岁月而烦恼。但是如果不见面，她们的心中才能得以平静吧。

可是，我这个人，可真是个卑劣的家伙……

我看着她的脸，陷入了自我厌恶中。如果我是个极端刻薄的人，有些事倒也能办好，可偏偏我还有些软弱。如果出了什么事，我也无法一个人默默承担，虽然能勉强坚持一段时间，但总会在最后关头掉链子。还有，我总爱把决断权交给别人，如果出了什么问题，我就会推卸责任，高呼与我无关。我就是这样的人。

事情到了今天这个地步，说到底也是我的错。我一直在寻找机会，寻找一个能让自己摆脱这种状态、结束这样生活的机会。然后，她给我提供了这样的机会。她简直是“雪中送炭”，让我能把责任推到她身上。我要让她说出具有决定性效果的话，然后以逃离的形式结束以往的岁月。

然而，更卑劣的是，我清楚地知道我现在感受到的自我厌恶，也只不过是一种托词，是一种心理安慰而已。我身体里负责计算得失的机能，判断出我应该在此刻感到自我厌恶，所以我便这样假装起来。这样做，我就能得到来自社会和他人的“免罪符”，让自己心安。

而我其实，既没有罪恶感，也没有丝毫的自我厌恶。

我没有任何感觉——没错，任何感觉。大概就是这样吧。

或许，连害死了那个男人这件事，我也只是有些惊慌失措，也许我根本没有任何罪恶感。

我已经渐渐地接受了，即将与母亲分别的事实。

如果这是母亲第一次住院，我受到的打击可能还会更大一些，但母亲之前已经病倒过一次，我才能冷静地接受了现实。

幸运的是，爸爸也是他们那个年代少有的精明能干、擅于处理家事的人。医院的事务也好，自己的事也好，他都能妥善处理，真的帮了大忙。

父亲和我虽然没有提起过，但我们都隐约预感到，母亲这次可能再也回不到家里了。母亲自己应该也清楚，但是她在家人面前没有表现出任何不安和恐惧。

虽然母亲总是面容憔悴地昏睡着，但偶尔醒来后，说话时眼睛里又充满宁静，宁静得让人不寒而栗。

我问母亲，有没有什么想见的人。我们是在母亲已经时日不多的共识下而进行的母子之间的谈话。现在已经不是安慰和鼓励母亲的阶段了，所以还有好多事情必须趁着母亲清醒的时候商量。

“没有。”母亲很快回答了我。

我仔细观察着母亲，想要弄清她的真实想法，可她的眼睛里什么情绪都没有浮现。

是吗，我明白了。我点了点头。不知怎的，我有些支支吾吾，但是我必须要在这里提起那个名字。

那千明怎么办？

我努力装作若无其事。

母亲缓缓地摇了摇头，又斩钉截铁地说：

“不要告诉她这件事。”

我不知道“这件事”到底是指什么，是指母亲住院的事？还是指母亲已经时日不多了呢。

还是说……

我虽然想再问一下，可还是没能问出口。

我说出千明的名字时，母亲的表情也丝毫没有变化。她看着天花板，终于张口了。

我对你们做了很坏的事。

这次，我知道“你们”指的是我和千明，但不知道“坏事”指的是什么。

为什么？“坏事”又是什么？

我尽量不让自己的声音流露出真实的情感。因为直觉告诉我，如果我探着身子认真地询问母亲，母亲就会保持沉默，并且再也不会提起这个话题。

我真的没想到你们会再次相遇，那孩子应该也……

我不知不觉地向前探出了身子。母亲像是在小声地自言自语，我听不太清楚。但是这对母亲来说就已经足够了。

母亲突然不说话了，然后看着我的脸说：

不要告诉千明，等一切都结束了再说。

这次我听明白了。母亲是说等她离开了这个世界之后，我才可以告诉千明。

知道了，我会的。

我向母亲答应道。

你好。

门口传来了柔和的声音。

是实沙子。她向我和母亲点头问好。

母亲住院之后，我就把实沙子介绍给了母亲，之后我们就常常约好一起去看望母亲。最近好像实沙子一个人也时常会来照顾母亲。

三个人一起聊着天，也聊到了我和实沙子今后的生活，其实也是为了能让母亲安心。

真是个好姑娘啊。

实沙子先行离开之后，母亲低声跟我说。

可母亲的眼神依然异常的平静。

看着母亲的眼睛，我忽然感到一阵羞愧和不安。

因为我觉得母亲已经看穿了我演的戏。我的刻薄、不诚实，抛弃千明逃向实沙子的行为，包括我将来会给实沙子带去不幸，所有这一切仿佛都被母亲看穿了。

铃声响了，宣告着我们的会面时间结束了。

我在对母亲的不舍和想要快些逃离病房的矛盾思绪煎熬下，离开了病房。

这是三天前的事了。

“是我不好，对不起，我本来没打算告诉你的。母亲也说过，让我不要告诉你。”

我向千明低下了头。

我知道，要想不被她态度强硬地指责，只能诚恳地道歉。

“是吗。”

她沉默了，看起来有些伤心。

“你应该明白，不告诉你是不想让你担心。”

我赶忙圆场，她却把脸转了过去。

即使知道是为她好，也会有种被母亲拒绝了的心情吧。

因为我说错了话，害得她心情低落，我感到很对不起她。

“但是，我会再问问老妈，我向你保证。我会告诉老妈，就说千明想来看看你，我一定能说服她。所以，希望你能再等一等，我会再和你联系的。”

我真诚地对她说，她的态度才勉强缓和了一些。

“知道了，你一定要再联系我哦。”

“一定。”

她因为自己态度的转变而有些害羞，便尴尬地喝起了酒。

是我让她的心情波澜起伏，所以我怀着内疚之情给自己也倒上了烧酒。

“……母亲生下我们的时候，一定吃了很多苦吧。”

过了一会，她低声说。

“儿子终于长大成人，找到了工作，准备结婚了，母亲好不容易可以开始享受天伦之乐却……真是不公平啊。”

“是啊。”

母亲从未抱怨过命运的不公，也从未表现出对自己的命运有任何不满，其实她完全可以将不满全部发泄于那个已经离开这个世界的男人身上。

母亲对那个男人到底有着怎样的感情呢？

“那时候我还太小不是很清楚，但好像母亲的娘家也欠了不少外债，在钱方面算是吃了不少苦头。她的妹妹——对了，前段时间我不是还跟你说过吗，住在船桥市的姨母年轻时身体就比较虚弱，日子过得也很艰难。”

“是这样啊。”

她轻轻应和着我。

她的养父母没什么亲戚朋友，所以她还没有习惯谈论亲戚之间的家事，每当我聊起亲戚的话题时，她总是会一脸茫然。

“老妈曾经说过，我们家族都没什么男人缘。船桥的姨母也是经历过丧偶之后才再婚的。”

“哼，男人缘吗？”

她长叹了一口气。

“也就是说，我也遗传了这一点啊。”

听着她满不在乎般的声音，我不由得苦笑。

“怎么会。”

“我是认真的。”

她轻轻地瞪了我一眼。

“但是你现在的父亲人好像还不错，你的那个姨母现在也有了一个幸福美满的家庭吧？那也就是说，并不是男人缘不好，而是在不断地学着跟男人相处。原来我们是个爱好学习的家族啊。如果我能继承这一点就好了。”

她看起来不像是在讥讽我。

我还觉得有些意外，看向她时，才发现她的视线定在了远处的某个地方。

不在我身上，也不在这个房间里，而是某个特别遥远的地方。

我突然觉得有些焦虑。

我在她心里已经变得无所谓了吗？离开了这个家之后，也许她才是能没有任何留恋地踏上旅途的那个人。我以为是自己抛弃了她，但也可能是她对我感到绝望，才选择了放弃我吧。

我的脑海里又浮现出她在越南吹着风的样子。

从表情就能看出她心情很好，整个人都有一种释然感。

我的事已经成为过去，决心开始新生活的她，连眼神都变得清澈了起来。

突然间，我感到一种被抛弃的寂寞。

这是我第一次对即将和实沙子一起迎来的新生活感到不安和胸闷。

平静的生活，脚踏实地的生活，合乎常识的生活。那像是一个无边无际却又看不见摸不到的牢笼，被名为温柔和常识的荆棘所缠绕。

“我去把盘子什么的洗一下吧，我们也都吃得差不多了。”

她欠起身子，拿起了盛菜的空盘子，然后挺直了身子嗅了嗅对我说。

“味道也太大了，我开换气扇了啊。”

的确，虽然开着窗户，但屋子里满是饭菜和烟酒的味道。

“嗯，好啊。”

我又看了看旁边公园的钟表，不知不觉已经过了十一点了。

马上就到明天了。

明明只过了几个小时，我却感觉已经过了好久。

“嗡”的一声，厨房里的换气扇开始转动了。

曾经每天都会听到的声音，如今我却觉得那太过嘈杂。

室外的新鲜空气一点点地挤走了室内的混浊，我感到两人共同的回忆也在被渐渐淡化。到了明天，这间屋子就会空无一人，未来还会有新的住户搬进来。到那时，我们在这里一起度过的时光，就再也不存在了。

流水的声音在屋子里回荡。水流冲洗着啤酒罐和塑料盘子，发出哗啦哗啦的声音。

我们今晚谈话的痕迹，也被这水流冲刷走了。

水流的声音很久都没有停下。

我转头看向她，发现她站在那里一动不动。

她站在流水的水池前，仿佛僵硬住了。

“千明？怎么了？”

我感觉很奇怪，就叫了她一声，但她并没有回头。

“千明？”

我感到一阵不安，便大声地叫了她，可她还是一动不动。

房间里，只有换气扇和水流的声音在回荡。

18

我听到他在叫我了，可他的声音却显得十分遥远。

我动不了。

我知道水一直在流着，我也意识到必须关掉水龙头，可我受到的冲击之大，使我根本无法动弹。

我想起来了——那个时候的事。

在这之前，我们明明每天都会打开换气扇。

每天早晚做饭和烧开水时，明明都会听到换气扇的声音。

但是那个时候，我仿佛像第一次听清了换气扇的声音。可能是因为家具和餐具什么的都搬走了，屋子里空荡荡的，换气扇的声音才格外的响吧。

“嗡”的声音，在我脑中回响着。

这个声音和一年前，在山里听到的某个声音重叠在了一起。

那个时候，我的周围也回荡着“嗡”的声音。

好像有一只很大的虫子在我的身边徘徊，是什么虫子？金龟子吗？

我走啊走，想要甩掉那只虫子，可不知为何，那虫子总是跟着我。我也不知道，是不是同一只虫子在一直跟着我。大概是我身上的汗味吸引了它吧。虫子执着地在我的脑袋周围飞着，翅膀震动的声音甚至让我有些耳鸣。

那聒噪的声音让我心烦意乱，我好几次都想赶走那虫子，可它却不依不饶，仍然飞在我身边。我也没了耐心，索性就放任不管了。

连续走了两天山路，想必身体的疲劳也对我产生了影响，虫子发出的那或近或远的嗡嗡声音，竟让我觉得自己是在做梦。

那声音像是马达声——像是机械的震动声——又像是音叉发出的声音。

奇怪的事情发生了。

我明明走在阳光明媚的深山里，却迷迷糊糊地做起了白日梦。

以前我特别疲惫的时候，或是在通勤的电车上时，倒是有过这样的体验。

我抓着吊环随电车的摆动而摇晃，虽然睁着眼睛望着车窗外，脑袋里却在播放着别的画面。身体渐渐失去了对外界的感应，只剩电车的摆动和脑海中的影像还残留着。这是因为梦境与现实重叠在了一起，使我得以同时感知梦境与现实。

那个时候也是如此。

与前一天需要沿着险路登山不同，那天的路线较为轻松，所以我的步伐也比头一天要轻盈。但是酷暑和疲劳分散了我的注意力，感觉就像是在打瞌睡一样无精打采。

我竟然忘得一干二净。

那天在登山时迷迷糊糊做的白日梦——我也分不清那是梦境还是妄想，总之是个不可思议的场景。

梦里是这样的——

有两个孩子在玩耍。

是一个男孩儿和一个女孩儿。

我不知道梦境里自己身处何处。周围是一片灰色的空间，我既像是在房间里，也像是在外面。

男孩儿和女孩儿蹲在地上，叽叽咕咕地交谈着。

其中一个孩子应该是我，那个男孩儿好像是千浩。还是孩子的我和千浩正在聊天。虽然我们两个人聊着天，但手也没闲着，不知道在玩些什么。

奇怪的是，那个女孩儿明明就是我，而我却在以第三者视角看她，而且我也听不见他们的说话内容。我拼命地想要靠近他们，听听他们在说些什么，但也只能听见嘀嘀咕咕的声音，听不清楚具体内容。

这时，不知从哪儿传来了一个清脆的声音。“喂。”

两人回头看了眼声音发出的方向。

“一起玩吧……”

我看到远处有一个人影，那人挥着手，发出了明亮的声音。

又来了一个人。

又来了一个小女孩儿。那小女孩儿朝着他们跑了过来。

看清那个女孩儿的脸后，我大吃一惊。

那个女孩儿竟然也是我。她正是我记忆中自己小时候的样子。

我当时就觉得这太奇怪了。如果说向着他们跑过去的女孩儿是我，那蹲在地上和千浩玩的女孩儿又是谁？直觉告诉我，那个女孩儿应该也是我。

我努力想要靠近蹲着的两人。千浩的脸对着我这边所以我看得很清楚，可和他蹲在一起的女孩儿背对着我，看不到她的脸。

这可真是太奇怪了。两边竟然都是我，这个背对着我的“我”，现在又是一副什么样的表情呢？

我对着这个女孩儿的背影拼命地祈求着，希望她哪怕稍微回一点头也好。我使劲伸着脖子，想要窥探到她的脸。

可那女孩儿的注意力都在自己的手上，完全没有回头看的迹象。

我有些着急了。

脸，快让我看看你的脸。

从后面跑过来的“我”，也加入到他们两人之间。他们三人蹲在一起玩了起来。三个人完全不理会我的呼喊，依然是一副专心致志的样子。

这些孩子究竟在做什么呢？

渐渐地，我开始好奇起来。

我想要看清楚他们三人的手。

他们的手齐刷刷地动着，不知道在做些什么。

这时，三个人突然变得与我很近。

就好像相机的镜头突然拉近了一样，他们的身影变得清晰起来。

原来他们正蹲在沙坑里。

他们都用手捧起周围的沙子，又撒在了什么东西上面。

看起来像是在埋着什么。

他们在埋什么呢？我盯着他们的手，看到了一个很大的黑色的东西。

那个黑色的东西，到底是什么呢……

刺耳的嗡鸣声还在持续着，虫子仍振翅飞着。我感觉到有一大片虫子在乱飞，却分不清是在孩子们身边，还是在我周围。

孩子们还在撒沙子。

他们用自己的小手，不厌其烦地来回运着。

三个人不停地往那黑色的物体上撒着灰色的沙子，试图将其掩埋。

“我们休息一下吧，这附近有个不错的地方。”

那个男人向我们提议。

我和他一脸诧异地看向那个男人。

我们都感觉才刚刚休息过，没必要这么快就休息，但也可能是那个男人看我们有些累了，才特意让我们休息一下吧。

耳边还充斥着“嗡嗡”的声音，金龟子之类的飞虫也在不停地飞着。不知是不是被我的汗味吸引，飞虫一直缠着我不放。

孩子们还在专心致志地撒着沙子。

必须要埋上，必须要大家一起把那黑东西埋上。

那里的确是个景色很好的地方。

那是一片被树林包围的小空地，对小孩子来说也许是最好的秘密基地。

孩子们蹲在沙坑里。三个人都在撒着沙子。

不知什么时候，那个男人和他都不见了。

在这片秘密基地，只剩我一个人。我仿佛回到了儿时。

我不知不觉地蹲了下来。脚边的草散发着清新的味道。

耳边还响着“嗡嗡”的声音。像是马达声，像是机械的震动声，如果仔细听，还会觉得像是音叉发出的声音。

草丛散发出的热气萦绕在我的周围。“嗡嗡”的声音也逐渐变大，连同着青草的热气一起将我包围。

然后，我变回了小孩子。

在那遥远的日子，年幼的我。那是什么时候的我呢？是年幼时和他一起生活的我吗？还是已经被那个家抛弃了的我？

必须要埋上。

我用双手捧起脚边的沙土。为了将那黑东西填埋，我用双手不停地运着沙土。

嗡——嗡——嗡。有虫子在飞。不，那是什么机器的马达声吗？我继续从沙地里捧起沙子，沙啦沙啦地填埋着。

“千明！你怎么了？身体不舒服吗？”

耳边传来的声音将我拉回现实，我的身体终于能动了。

他站在我后面，面色苍白地看着我。

“啊？哦哦。”

我含糊地回应他，然后不自然地关上了水龙头。

“嗡嗡”的声音，又在脑海中响了起来。

换气扇不停地运转着。

原来是换气扇的声音啊，不是飞虫的振翅声。

我擦了擦脖颈上的汗，关掉了换气扇。屋子里总算安静了一点。

“你怎么了？”

他又问了我一遍。

我看着他的脸，梦里那个捧着沙子的小男孩儿已经变成了眼前这位面色苍白的青年了。

这个我爱过的青年，现在正像是看着什么可怕的东西一般看着我。

“我想起来了——是因为换气扇的声音。明明我们之前每天都会听到这个声音，可直到今天我才……记忆可真是个奇妙的东西。”

“想起什么了？”

“那个时候的事啊，最后一次休息时的事。”

“什么？”

我把洗干净了的塑料餐具装进塑料袋。

“一直以来我都记不起那时候的事——当时我又热又累，记忆也只是一片朦胧。但是现在，我想起来了。”

“想起来什么了？”

我知道他已经屏住了呼吸，等着听我说。

他想听我说出什么呢？承认是我杀的人吗？还是……

“我并没有把草打成结。”

我叹了口气，对他说。

“我在埋东西。”

“埋东西？”

他露出惊讶的表情。我有些焦急，不知道该怎么给他解释我当时的感觉。

“我没办法解释得很清楚。但是那个时候，我想起了小时候的事。我也不知道那是在做梦还是我真的那么做了，总之当时是在模仿我小时候的动作。你也有过这样的经历吧，从梦中醒来的时候，却以为自己还在梦中，还会和梦中出现的人说话、呼喊，甚至还会哭泣。”

“有是有过……”

他看起来很困惑，这也难怪，因为我的解释连自己都没办法说服。

“梦里有小时候的我和千浩。我和你蹲在沙坑上，后来又来了个女孩儿，我们就三个人一起玩了。”

“又来了个女孩儿？”

“嗯，我们三个人捧起脚边的沙土，把什么东西埋在了沙坑里。”

我没告诉他后来加入的女孩儿好像也是我。本来这事就既复杂又难以理解，如果我再把有两个我的事告诉他，他一定会更加混乱。

他用手比画着捧沙子的动作。

反复做了几次后，同时陷入了沉思。

“确实，你这么一说，你当时的动作的确像是在捧起沙子埋东西。”

我们两人回到了榻榻米的房间，再次面对面地坐到了行李箱两边。

“还有一阵‘嗡’的声音。那个时候也是，周围有好多虫子飞来飞去，特别的吵。那应该也是小时候发生过的事吧。刚刚换气扇的声音唤醒了我的记忆——那个时候是听着飞虫的振翅声才让我想起了小时候的事。”

我越说就越对自己的说法有自信，连声音也逐渐变得有力起来。

他虽然还是半信半疑，但也接受了般点了点头。

忽然，我恍然大悟。

那个黑色的东西，那个被沙子渐渐埋起来的黑色物体。

“是个小孩子！”

我不由得叫了出来。

我们三个人，在沙坑里埋了一个小孩子。

19

我花了一些时间，才彻底理解了眼前发生的事。

她那不寻常的样子把我吓到了。

当然，吓到我的不止是她，还有别的。

那个时候也是在厨房——母亲正在做饭，还和坐在餐厅的我说着话，突然一言不发了。

我觉得很奇怪，就看向母亲，发现她站在那里一动不动，我叫了好几声也没有反应。我刚打算站起来走过去看看，母亲就痛苦地蹲在了水池边。

母亲的那个样子，在我脑海中和现在的她重合在了一起，所以当她关掉换气扇之后，我才松了一口气。

虽然我不知道她刚才站在换气扇前一动不动，脑中究竟浮现了怎样的场景，但她说自己想起了一年前的事，我觉得应该是真的。

聒噪的换气扇终于停止了转动，但突然变得安静的屋子，又静得有些瘆人。

窗外虫子发出的声音似乎离我们很遥远。

话说回来，她讲述的故事其实并不合逻辑。我还在猜她会说出些什么，没想到会是一年前在山里做的白日梦。既然是这样的话，我无法理解她所说的倒也算正常。

但她的讲述也有一定道理。

她的动作，我当时觉得像是在给草打结。

但如果说她其实是在埋什么东西，倒也能说得过去。她那时候呆滞的表情，也的确像是刚从梦中醒来会有的反应。

可是，有三个小孩子在沙坑里玩又意味着什么呢。

她就像是因为发烧导致脑子糊涂了一般对我讲述着她一年前做的梦，而她本身则成了那种电视节目编造出来的巫女。真没想到平时沉着冷静的她也会有这种状态，我心里不禁感慨着。

“我们埋了一个小孩子。”

她脸色苍白地看着我。

她的双眼看起来像是一对漆黑的洞。一对深不见底、虚无缥缈的空洞。

真是可怕。

她到底在说什么？她把梦境、现实还有小时候的记忆掺杂在一起，是想令我迷惑吗？这是对我的惩罚吗？

我一步步地向后退去。

我想要逃离。逃离这个屋子，逃离她的身边，逃离过去，甚至逃离未来。

一瞬间，我满脑子都是逃走的冲动。

可是，我又能逃到哪里去呢？离开这里，我又该去哪里呢？逃到实沙子的那个牢笼里吗？

我一时竟想不出一个合适的地方，脑子里只有一片空白。在那片空白里，空无一人，也空无一物。

我甚至开始觉得，就这样被那双黑洞般的眼睛吸进去也未尝不可。

突然，我产生了一种想法。

她眼睛里那深不见底的黑暗，也许就是我自己内心的黑暗。而现在，我只是在她身上看到了我自己的虚无。如果有她一直陪在身边，那坠入黑暗似乎也没什么大不了的……

正当我内心产生动摇的时候，她的眼神又恢复了往常。

"对不起。"

她像是为了确定自己所在的位置一般，四处张望着。

"你一定不知道我在说什么吧，毕竟我的解释太难以理解了。"

她低着头大口喘着气，用手搔着头发，看起来有些急躁。

我突然感觉很累。

自己好似正身处审讯室。

天花板上简陋的灯泡和榻榻米上的行李箱，让我不禁联想到了审讯室。

我们两个人又是谁在审问谁呢?

她直了直身子又坐了下来，倒了两杯酒。

“我再向你解释一遍。”

她终于恢复了往日的冷静，我也得以静下心来认真听她说。

经过她又一次的解释，我终于理解了她为什么会那样说。

原来如此，她那个时候的奇怪行为都是因为她做的梦。

我对她的梦境产生了浓厚的兴趣。

“我是这么认为的，你的那个梦，一定和小时候的记忆有一些关系。”

“第三个女孩儿是谁?你还记得吗?”

“不知道，好像记得一些，又好像完全不认识……名字也不知道的。千浩呢，你还记得吗?我们有可能都见过那个女孩儿的。”

我摇了摇头。

我虽然记得自己小时候和附近的孩子们一起玩过，但是我无法真切地想起某一个女孩的样貌。

“那你还记得那片沙坑吗?应该就是家附近的沙坑。”

“我想想。”

我虽然说想想，但其实一点也想不起来。

我记得沙坑，但不止一个，我也不知道她说的是我小学校园里的沙坑还是我家附近的哪个沙坑。

我忽然又想起来，她的记忆和我的记忆之间存在着偏差，这一点刚才已经证实过了，所以我又向她问道：

“话说回来，千明你不是记不太清小时候的事吗？那我问你，小时候还和我一起生活时发生的事，你还记得哪些？”

“这个……”

她露出一副难以启齿的表情。

“说实话，我基本上什么都不记得了。我只能模糊地记起家里有个男孩儿总是哭得很大声。”

“那个男孩儿是我吗？”

“嗯，应该是。”

“不过我还记得我在沙坑和梦里那个第三个出现的女孩儿一起玩过。”

“嗯，我觉得那可能是真实发生过的。”

她一直在强调这一点，从她的表情来看，应该不像是在说谎。她的直觉总是很准，如果是这样的话，那可能只是我不记得这些事了。

“女孩儿啊，我想不起来了。我只记得附近有许多小孩子。”

“声音还记得吗？”

“声音？”

“是换气扇的声音让我想起了飞虫的振翅声。所以那个时候也可能是飞虫的振翅声让我回想起了小时候的事。我想我小时候一定在附近听到过差不多的声音。你还记得自己小时候听到过和换气扇运转差不多的声音吗？”

“你说的这些实在太笼统了，这样我很难想起来的。”

我抬头望向天花板，接着说道：

“那我问你，你说我们埋了一个小孩，那难道也是真实发生过的吗？难道我们真的杀了某个小孩，然后把他埋到沙坑里了吗？”

“这……”

她皱起眉毛，陷入了思考。

“我觉得不是真的，应该是某种隐喻。”

“隐喻？”

“梦这种东西其实是很直接的，不是吗？做梦的人也清楚自己为什么会做那种梦。比如说白天和别人吵架了，晚上做梦就会梦到吵架。自己讨厌的人或事有时会变成自己讨厌的动物出现在梦里。所以人们做完梦，很容易就能知道原因。你也有过这种情况吧。”

“有过。”

“是吧，所以我觉得我可能就是这种情况。梦里出现的孩子们应该都是真实存在的人，但梦里在沙坑里埋东西的行为可能是意味着别的什么事。”

“那会不会是附近有你讨厌的小孩子，你在心里希望那家伙能消失掉，才会做那样的梦呢？真的有这样的人吗。如果真的是讨厌到想要埋了他，你应该多多少少都还记得。你想想当时有这样的小孩子吗？”

“嗯，我不记得有这样的人。”

她露出一副不甘心的表情。

她本来记忆力很好，但到了这种事上就什么也记不起来，所以才会觉得郁闷吧。即使是刚才提到的这些记忆，也是花了这么多年的时间才想起来的，而且唤起她这些记忆的还仅仅是因为一个换气扇，的确有些不可思议。

而我却什么也想不起来。

我默默地喝了一会儿烧酒。

她似乎还在努力回忆着儿时的记忆，但我却渐渐觉得无所谓了。这一切不过是个梦。我们并不知道梦里有哪些事是真实发生过的。再说了，做梦的是她而不是我。

比起她做的梦，更重要的是我在心里逐渐认可了她并没有给草打结这个事实。

也就是说，她并没有害死那个男人，而我则需要对那个男人的死负责的可能性越来越大。

再次回想一年前发生的事，让我有些情绪低落。

我对眼前的她产生了埋怨的心理，她已经洗脱了自己的嫌疑。所以才能专注于回忆儿时的记忆吧。

其实，到现在还为那时候的事而烦恼也没什么意义。即使那个时候没有发生意外，也有可能第二天就在别的什么地方遭遇别的意外，甚至可能会碰上交通事故，我大可不必为此烦恼。虽然我不停地劝自己想开点，但一回想起那个时候的事，就又有些心烦意乱。

“千浩，你还能记起我们曾经一起住过的那个家的地址吗？”

“什么？”

她突然发问，我一时没回过神。

“就是母亲的老家，你还记得准确的地址吗？”

“记是记得，但门牌号那类具体的已经想不起来了。”

“只要还记得是哪条街就好。”

我把自己大概记着的地址告诉了她，她对我说了声“谢谢”就又陷入了沉默。

她要母亲老家的地址干什么？

我看着她，然后她像是终于下定决心了一样，把行李箱上的杯子和盛菜的盘子推到了一边。

“你要干什么？”

“对不起，我把这些挪一下，一会儿就摆回来。”

她熟练地打开了行李箱，从中拿出来一台笔记本电脑。

“你拿电脑要做什么？”

“我需要用一下。”

她又拿出了一捆绑着的线，一根一根地解了起来。我看着她爬到屋子的一个角落，给电脑插上了鼠标，看来她打算联网做什么。

我觉得有些不爽。

我都已经准备把整夜都用来陪伴她，对她来说那个男人的死也无所谓了吗？难道她认定是我害死了那个男人，就解开了心中的枷锁，开始放松身心了吗？

虽然知道今夜不会是多么愉快，我也产生过想要逃离这里的念头，可我还是讨厌被手机或是电脑什么的干扰我们最后的夜晚。

尽管我用责备的目光看着她，她还是一脸无所谓，打开电脑开始搜索着什么。

“对不起啊，我这边马上就好，我就是需要确认一下。”

她依然用侧脸对着我说，我不明白她的意思。

她是在搜索和我们有关的事吗？可我不认为这种事需要用电脑上网搜索。

我掏出烟，又点燃了一根。

虽然我已经抽了很多根烟了，但今晚实在是没办法，我也就不再克制自己。

钟表的时针又走了一格，现在已经是深夜了。

我看向窗外，外面依然灯火通明。看来日本人果然都是夜猫子啊。

她敲击键盘的啪嗒声在屋子里回响。

二十年前的家庭里，还不会有这种没有人情味的声音。

她大概已经觉得没有什么必须要和我说的事了。现如今的社会里，在每个缺少沟通、没有交流的家庭里，都有这种没有人情味的声音在回响吧。

我们也会就这样消磨掉这最后的夜晚吧。

夏天天亮得很早，我们会在榻榻米上打着瞌睡，等回过神来，天就已经微微亮了。然后我们会睡眼惺忪地起床，眯着眼睛看着外面的朝阳，无精打采地等着各个公司的工作人员到来……

我往干渴的喉咙里灌了些烧酒，想着这些有的没的，忽然感到“啪嗒啪嗒”的声音变得杂乱无章。

她平时打字不会停顿，打字速度也很快，可现在不知是怎么了，她的手像是不听使唤了一样，敲击键盘的力度很大，节奏也变得混乱。

终于，一阵格外用力地敲击之后，安静了下来。大概是她敲完回车键后，正在等待页面加载吧。

“……这是，怎么回事？”

房间里只剩她低沉的声音。

20

我目不转睛地盯着电脑屏幕。

不知道该如何接受摆在眼前的现实。

真的是这个吗?

我的直觉告诉我眼前的东西有着非常重要的意义，但我现在还没有完全理解。

而且，房间里的气氛也突然发生了变化。本来是只属于我们两个人的，孤独又充满了猜忌的夜晚，突然像是被现实侵入了。

现实。这是多么不可思议的回响啊。

我本以为这即将与他分别的夜晚就是现实的全部了，没想到在这之外还有着更加晦涩又意外的“现实”。

我看着眼前残酷的“现实”，做不出任何反应，只觉得茫然若失。

我亲生母亲的老家有一家本地报社，我打开的就是那家报社的官方网站。

我并不是发现了什么才去搜索这家报社的。

只是隐约有一种预感，一种似有若无的不安。最重要的是，我很在意梦里出现的两个我。正因如此，我才拿出了电脑开始搜索。手像是有了自己的意识一般，在我还没想好之前，就先动了起来。手指也自作主张地点开一个个网页，似乎是要找寻什么。

我记得那些白日梦里出现的小孩子们，年龄大概在两岁到四岁之间。

于是我便寻找起自己在那个年龄段时的旧新闻。

埋掉了一个小孩子。我觉得那一定是某种行为的隐喻。

我总觉得，是我们将某些记忆隐藏了起来。

然后，我便看到了那篇报道。

“什么？”

他一副不开心的样子看着我，又有些不安地走了过来。

“你对这个，有什么想法？”

我问完后，他便有些紧张地看向电脑画面。

建设工程现场女童坠落

20日上午7时左右，在S市荣町一丁目的公寓施工现场，上班的工人发现了一个倒在基础施工坑里的女童。发现时已经没有了生命迹象。经初步调查，死者为进入施工现场后失足导致跌落。

施工现场周围有幕布覆盖，且周围设置了围栏，死者可能由围栏缝隙中进入了施工现场。死者名为高桥美雪，3岁。前一天在附近的儿童游乐园和附近的孩子们玩耍时失踪，已提交了搜索申请。

“高桥美雪……”

他目不转睛地看着那篇报道。

“你觉得这两件事有什么联系吗？也是在荣町一丁目，位置和我们家很近。”

我开始有些不安，难道全都猜错了吗。可不知为何，我的直觉却一直低声地对我说“就是这个”。

他沉默了很久，看来正在头脑中消化着这些信息。

我接着向他问道：

“她也姓高桥，这是单纯的偶然吗？”

“不……也许……”

他的表情越发的紧张，也越发的严肃。

“这事发生在哪一年？”

他确认了报道的日期后，就离开了电脑，扑通一声坐在了榻榻米上，然后抱起了膝盖，开始搜寻自己的记忆。

我继续搜索网站，想看看还有没有关于这事的后续报道，但是毫无收获。

最终，也只能认定为是一场意外事故了吧。

我断掉了网络链接，关闭了电脑的电源。

屏幕只剩一片黑暗。

我合上了笔记本电脑，心中顿感一阵轻松。仿佛自己从残酷的现实又回到了只有我们两人的世界。

奇怪的是，本来让我感到无比闭塞的这个房间，现在对我来说又比任何一个地方都要安全。

“也许……不，一定是这样的。”

他用力揉搓着自己的脸。

他混乱了。

平时总能保持镇静的他也变得混乱了，这加剧了我的不安，也使我更加忐忑。

他突然瞥了我一眼。

我看着他的眼睛，发现他有着与我不相上下的不安。

“虽然还没有确凿的证据。”

他舔了舔自己的嘴唇。

“我觉得她可能是姨母家的孩子。”

“什么？”

他出乎意料的发言，使我一瞬间目瞪口呆。

“就是之前说过的，那位住在船桥市的姨母。”

“姨母家的孩子？那不就是我们的表妹吗？”

“是的。”

他向我点了点头。

“确实，我们的母亲离婚之后回到了娘家。在那段时间，正好也是姨母的丈夫去世，姨母又改回旧姓的时候。”

“那也就是说姨母也回娘家了吗？”

“没有，我听说她身体不好，一直都在疗养。”

不知为什么，我们都在揣摩着彼此的表情。

不自然的眼神，带着不安情绪的目光……到底是什么让我们两人越来越不安呢？

我不知道理由，只知道我们的不安越发的强烈。

“关于姨母有个年幼的孩子去世了的事，老妈也曾经不小心说漏过。老妈并没有明确地说出来，但是我隐隐约约地感觉到是发生过什么事。那个时候我知道姨母的身子很弱，所以我还以为是因为她在怀孕期间不小心流产了。”

他缓缓地说道。

“但是我觉得，那个名叫高桥美雪的女孩儿一定就是姨母的女儿，最后是因为……”

“因为意外事故去世了。”

我们僵硬地又续上了酒，把杯子放在了嘴边。

朦胧的不安感丝毫没有减弱的趋势。

“我们和那个孩子一起玩过吗？我们的岁数也差不多，如果姨母恰巧带着她回了娘家，那我们还是有可能一起玩过的。”

“嗯，可能性是有的。”

他点了点头，声音十分低沉。

“我做的那个白日梦，就是指代了这件事吗？”

我忍不住向他问道。

我知道即使我向他寻求答案也没什么用，说到底那只不过是我做的一个梦，本就不是他能回答得了的问题。

“难道不是吗？”

他语气古怪地给了我一个模棱两可的回答。

“是啊……她一定和我们一起玩过，所以我会做梦也是因为在潜意识里想起了那个孩子不在了吧。”

我们互相附和着，但我们都知道，问题还远远没有解决。

二十多年前，表妹死于一起意外事故。

一年前我为什么会在那个地方想起了这件事呢？这么多年里，我一次都没有想起过的表妹，为什么会在那个时候突然想起了呢？

很显然，他也和我一样，怀有同样的疑问。

“是个女孩子吧。”

高桥美雪，那年她应当正是可爱的年纪，但也正是爱乱跑的年纪。如果一不留神没有看住，她就有可能跑到大人们找不到的地方，或者跑进一个偏僻的地方，最后出现意外。

“姨母家现在的孩子们呢？”

“姨母再婚之后，生了两个男孩儿。大儿子现在上高一，小儿子今年也上初二了。”

“是这样啊。”

如果她还活着，应该和我们的岁数差不多。命运往往在一瞬间，就能将生与死分隔开来。我一边想着这些，一边喝起了酒。

失去了自己的孩子，对一个母亲来说是多么可怕的事情啊。

“你为什么偏偏在那个时候做了那样的梦呢？”

他晃着手里的杯子，一副难以理解的样子看着我。

他果然也想到了这个问题。

“我也不知道。”

我冲他摇了摇头。

“我觉得可能是因为当时我们和自己的亲生父亲走在一起。在这种状况下，我们脑袋里充斥着对过往的回忆，所以才会在不知不觉中想起了那件事吧。”

“可能吧。”

我们找到了合理的解释，但还是有些难以接受。

高桥美雪。

那个本应和我们的人生有所交集的女孩，到底长什么样呢？

在沙坑玩耍的两人。我和千浩。背对着我的女孩儿。

从后面跑向我们的女孩儿。

突然间，我产生了疑问。

那个女孩儿真的是高桥美雪吗？

“喂，你说过姨母身体不太好，一直都在疗养吧？”

“是啊。”

“那在姨母疗养的时候，是谁在照顾美雪呢？”

“这个……”

他再次陷入了沉思。过了一会儿，又像是想起了什么似的睁大了眼睛。

“我想起来了，我听说好像是附近的邻居帮姨母照看的。那个邻居以前就是保育员，经常会帮附近的人家照看孩子。那段时间帮了姨母很大的忙。”

他的讲述逐渐清晰，看来是说着说着就逐渐回忆起来了。

“对了，是个人很好、很温柔的老奶奶。说起来，我好像还去过她家里呢，虽然已经完全忘了为什么要去。现在想起来了，就是她帮忙照顾的美雪，嗯，没错。她们住在洗衣店的二楼，那房间夏天的时候特别热。”

我感觉全身都变得僵硬了。

为什么？

后背也冷汗直流。

我的身体对他刚才话里的某一处起了反应。

到底是什么？到底是他话里的哪一部分？

我拼命地回想着他说的话，可我却抓不住重点，他的每一句话都从我的脑袋里溜了出去。我的脸因焦急而变得十分僵硬。可他没有发现，仍在自言自语着。

“她那样做，会被当成是开托儿所的吗？如果放在现在，只要小孩出事了，责任一定都在她身上，还会被各种流言攻击。要是这样她也就很难再帮别人照看小孩子了吧。可她真的是个很好的老奶奶啊。”

托儿所。老奶奶。保育员。

我在心里重复这些词，感受着自己身体的反应。不对，不是这些话。和小孩子没有关系……他刚才说的是——

洗衣店。非常热——

突然，“嗡嗡”的声音又开始在我脑中回响。

下一瞬间，我在心中惊呼了一声。

金龟子在我脑袋周围飞来飞去，发出“嗡、嗡”的声音，怎么赶都赶不走。聒噪的震动声时远时近，不断地回响在我脑中。

电风扇。

脑子里闪过了这么一个单词。是电风扇转动的声音——炎热的夏天，在洗衣店的二楼，电风扇在运转着。

然后，一种感觉贯穿了我的全身。

那个白日梦。

梦里我和千浩在沙坑里玩。可是“我”只有一个背影，看不到脸。而那个向我们跑来的女孩儿，我见过她的那张脸。那个女孩儿果然也是“我”。也就是说，这个场景意味着——

“千浩。”

“嗯？”

他看向了我。

“我觉得我好像知道了。”

“知道什么了？”

我感觉自己的嘴里逐渐涌上了一阵苦涩，真没想到会到这时候了才发现。自己为什么直到今天才发现呢？

怎么可能会有这种事呢——可所有这一切都指向了那个事实。

不会吧，不会吧。

我感受到他催促的视线，可却怎么也开不了口。

21

事实。

或者说是真相。

这些东西到底有没有意义呢？或者意义暂且不论，又有什么价值呢？

最近我经常会考虑这些事。

就像是个电视剧或电影里的人物，呐喊着追问这样的问题。

“告诉我真相。”

“最重要的就是真相。”

“真相永远不会发生改变。”

“真相是很沉重的。”

真的是这样吗？真相真的比其他一切都重要吗？

根据我的经验——即使是我那为数不多的人生经验——往往，真相才是最伤人的。哪怕只是微小的“事实”也有足够的破坏力，顷刻之间就能毁掉凡人渺小的人生。

更不用说“真相”这个级别了，其残酷程度是可想而知的。

我和她之间，有着经过漫长岁月积累起来的种种“事实”。

这其中既有已成定论的“事实”，也有刚刚被发现的“事实”，还有我们创造的“事实”。

但是找到“真相”又能如何呢？

我和她之间，存在“真相”吗？

现在，我眼前的她正打算向我讲述的，不知道是不是就是所谓的“真相”。

但可以确定的是，她的讲述一定会破坏掉某些东西。

“我想我当时可能在现场。”

她叹了口气，开始了自己的讲述。

“你说的现场是……”

“就是那个，洗衣店的二楼。”

“你在那里？为什么？”

“因为我曾被托付在那里。”

“千明你也……”

她用阴暗却又充满确信的眼神看着我。

“其实我们小的时候，并没有在一起住过。”

“什么……”

“我记忆中那个爱哭的孩子，是别人家的小孩，并不是千浩你。我们之间的记忆也并不一致。”

我的头脑开始变得混乱起来，不能理解她到底在说些什么。

不，我真的一无所知吗？其实，我早已隐约地感觉到了一丝虚假。在她把这些说出口之前，我就已经有所察觉了。

可我的身体却拒绝承认，不想接收这些信息。

“千浩，你真的不知道吗？你真的不知道我想说的是什么吗？”

从声音中我就可以听出，她已经看透了一切。

我没有说话。

就像之前说的，我害怕做出最后的决定。

我总是在逃避，逃避亲口说出可能会让我承担责任的话。

她一直盯着我看，过了一会儿才平静地说：

“我在小时候就已经因为意外事故死掉了啊。就如这篇报道所言。”

她太坚强了。

她的这份坚强吸引了我，我也对此很是憧憬。而现在，我却想要从她的这种坚强之中逃离开来。

这次，也是她主动说出了，那本该由我说出的话。

“死掉？你说你已经死掉了？”

她模仿着我的语调说道，我却依然保持沉默。

“那么，现在站在我眼前的又是谁呢？”

说着，她甚至露出了一丝微笑。

“你明明都知道的。你总是这样，把自己该说的话留给我来说。”

被她看穿了。

我的一切，都被她看穿了。

“我，就是高桥美雪。”

有什么东西在那一瞬间“嘎嘣”一声地断了。

那是将我们两人连接在一起的、我们两人共同建立起来的东西。

只是一瞬间，她的这一句话，她没有丝毫顾虑、脱口而出的这一句话，便让我绝望了。我感觉我和她之间的某种维系就那么断掉了。

这就是“真相”吗，我和她之间的“真相”，就是这个吗？

“当时，你的母亲和我的母亲，两个人都带着孩子过着贫苦的日子。身体和经济上都处于穷途末路的你的母亲，决定把女儿送给别人抚养。”

她已经全都厘清了。

“你的母亲”和“我的母亲”。

我们并不是被同一位女性生出来的，我们的母亲是一对姐妹。

“发生事故的时候，母亲就已经决定把千明送出去当养女了吧。说不定已经从收养千明的人家那里得到了金钱或是其他实质性的援助了。就在这个时候，千明出去玩却发生了意外。她跑进了附近的施工现场，不小心坠落身亡。没有人能想到会发生这种事。”

她的声音十分平静，继续向我解释道。

一向直觉很准的她，总是先我一步触及真相的她。冷静、有逻辑又沉着的她。

“母亲当时一定很为难吧。毕竟她已经收下了人家的谢礼，而且恐怕也都已经用在生活开销上了。事到如今也不可能告诉人家自己交不出女儿。”

“母亲就去找妹妹商量。”

“妹妹的生活比姐姐还要拮据。妹妹只有一个女儿，丈夫已经去世了。妹妹本人也一直卧病在床，也实在无力照顾孩子，全靠善良的邻居帮忙照看。”

“于是，她们两人就下定决心。”

“把高桥美雪当作千明，送给人家做养女。”

为什么她的讲述听起来如此不连贯呢。就好像是一部经过了剪辑的纪实影片一样。我感到很奇怪，她的声音像经过了变声处理，七零八落地重叠在一起，传入了我的耳朵。不仅是她的声音，她的动作、表情都如同一部正在不断切换镜头的电影一般映入我的眼帘。看来我陷入了相当程度的混乱。

她接着说道：

“我不知道她们是怎么统一口径的，但向警方提出失踪人口搜索申请时，用的应该还是千明的名字。那个亲切的老奶奶可能也向母亲提供了帮助，比如向警方解释说失踪的不是千明，而是高桥美雪之类的，老奶奶也可能会告诉警方两个小孩子是一起不见了的，但只有千明一个人突然回来了。

“不管怎么说，两个孩子年龄相当，又是姐妹，和母亲又多少有些相似。虽然不知道收养千明的人家事先有没有亲眼见过千明，但毕竟孩子每天都在成长，样貌改变了一些也不会太在意，所以他们应该也没有看出来和之前说好的女孩儿不是同一个人吧。”

“就这样，高桥美雪变成了高桥千明。然后作为高桥千明，被送到了别人家。后来，高桥美雪就改名为了藤本千明。”

当我回过神来，沉默又再次蔓延在我们之间。

我们之间的维系就这样断了。我们没有办法，也并不想为彼此再修复这种维系了。

“这个解释怎么样？这样就全都说通了吧？”

过了一会儿，她才露出明朗的笑容对我说道。

“所以我才没有和你一起度过的儿时记忆。所以我才不记得那个像东照宫一般气派的钟表。之后，我在山里做了那个白日梦。而让我能记起那个洗衣店的二楼和电风扇的……”

她简直就要唱出来了一般，兴奋地说着。

“正是飞虫的振翅声和这个换气扇发出的声音。”

她的表情甚至可以说很愉快。

“偶尔会过来玩的千浩只是大概记得有这么一种声音，而对于一直生活在那里的我来说，那个‘嗡嗡’的声音已经在我内心深处留下了印记。我就是在听到飞虫振翅声和换气扇的声音时才想起的这一切。”

她的目光如沉浸于梦幻之中。

我仿佛也能听到她脑海中电风扇运转的声音。

嗡，嗡，嗡。

“关于我的梦，我也可以解释。”

她张开双手，看向自己的手掌。

梦里的这双手正在埋着什么的孩子。

“在我梦里，千明有两个。我没有看到和千浩玩耍的那个千明的样子。我一直认为自己就是千明，可真正的千明却是另一个人。我不是千明——但，我又是千明。那个后跑过去的女孩儿才是我——我变成了千明。所以，才会有两个千明。我还依稀记得，变成了千明的我，将真正的千明埋葬了——没错，那个死掉了的千明，那个真正的千明，被我埋葬了。不只是我，还有千浩，还有大家，是我们一起埋葬了她，然后，我们又掩盖了这个事实。"

是这样啊。

我果然也是共犯。

恐怕"千明"在那场意外事故后不久就被领走了吧。

失去胞妹这件事，在当时的我心里一定没有激起很大的波澜。从那之后，我便作为一名独生子，理所当然般尽情享受着母亲全部的爱。

"记忆可真是奇妙。"

她又低头看向自己的手掌，就好像她的全部记忆都刻在了里面。

"没想到我会想起来这一切。而且因为这个换气扇还想起了一年前的事。"

突然，她似哭又似笑地看着我。

"真是不可思议。"

我们四目相对。

我们之间的那种维系已经彻底断掉了，什么也没有留下。

"我们两个，是表兄妹，而不是双胞胎。"

结论，也是由她说出口的。

我心中涌起一股奇妙的安心感。

我们是表兄妹。

真是多么愚蠢的话语啊。我实在无法接受用这样的词语来形容我们的关系。这种形容令我感觉十分陌生。

她的身体在微微颤抖。

我觉得有些奇怪，便小心翼翼地看着她。

她笑得肩膀颤抖了起来。然后像是忍不住了一样，前仰后合地大笑了起来。

不知道为什么，她的笑声让我很不舒服。

“有什么好笑的，你在笑什么？”

听出了我的不悦，她惊讶地看了我一眼，但没一会儿，又忍不住毫不矜持地笑了出来，甚至笑得更大声、更癫狂。

我的怒气终于爆发了。

“不许笑，这不是你可以拿来取笑的事！”

“但是……”

她甚至笑得流出了眼泪。

“我们可真是傻瓜。我们为了这些事如此烦恼，如此痛苦，甚至还互相试探对方。啊啊，真是太可笑了。哈哈哈哈，我们竟会是表兄妹。”

“你闭嘴！”

我的声音一定相当可怕吧。

她一下子就不笑了，一脸严肃地坐了回来，怯怯地看着我。

“你生什么气？”

不，生气的是她。

我意识到自己给了她生气的借口。

我仿佛已经看到了从她眼神中流露出的对我的愤怒。

“你为什么要生气？对你来说没有任何改变啊，出演了这场闹剧的是我，而不是你！你总是躲在安全的地方，闭上眼睛什么也不看什么也不听。你只会观察我的脸色，然后夹着尾巴逃到别的地方。就连我们是表兄妹这件事，换成是你可能一辈子也发现不了吧。有资格生气的只有我，你没资格生气。”

面对她的愤怒，我的心情也发生了变化。

我心中涌出了一股冲动，一种我从未感受过的、由强烈的憎恨之情所驱使的冲动。

22

我被他打倒的时候，产生了一种幻觉。

总觉得自己在很早之前就料想到会出现这种情况。

当我看到他的满眼凶光时，就觉得自己就要被他杀了。

我从未见过他这副样子，也许没有任何人见过。他，就站在那个没有他人知晓的房间外，站在那个黑漆漆的房门前。

我还是第一次见到如此愤怒的他。

他愤怒的程度，让我刚才发泄在他身上的怒火显得不痛不痒了。

而我现在却十分冷静。

看来今夜，我就要被他杀死在这里了。如我所愿，即将在他眼前结束自己的人生。一切到此结束，我也会因此而得到解脱。

我就像是一个旁观者，以上帝的视角俯视着被打倒在地的自己。

老套的场景，常见的场景，一对痴情男女的纠葛。我仿佛已经可以看到我们这事儿被当作新闻报道了。当然，关于新闻的标题，大概会是“一对兄妹的错恋”吧。

不，说兄妹已经不太合适了，毕竟我们已经知道我们只是表兄妹了。

我在仅仅一瞬间就产生了这么多的想法，而下一个瞬间，我便感到脸颊一阵疼痛，这疼痛使我在榻榻米上打起了滚。

我本来感觉是上帝视角向下俯视自己的，而现在我又变回向上能看到墙壁和天花板的视角了，灯泡发出的光十分刺眼。

与我所期待的不同，他并没有再次动手，反而远离了我，红着脸坐了下来。

什么嘛，我还活着啊。

我有些茫然——不，说实话我感到十分沮丧。我只得沮丧地躺在榻榻米上。

我的脸还一阵阵地烧灼般疼着。他没有选择杀掉我，而我只能像个傻瓜一样躺在榻榻米上，和脸上的疼痛相比，这种屈辱才让我更加痛苦。

我瞥了他一眼，只见他低着头坐在一边，脸上满是对我和对他自己的厌恶。

真没出息。

我冷冷地望着他。

没错，只有我才可以生气，只有我才有生气的权利，而你没有资格。你现在这样还不如干脆被憎恶冲昏头脑，趁着这股冲动杀了我。结果，你还是不愿意脏了自己的手。决定性的话语也总是让我来说，我说了你却又不愿意听，只会堵住自己的耳朵。

我缓缓地站了起来。

头昏昏沉沉的，既像是被打了，又像是喝醉了。

我们是表兄妹。

这句话在我的头脑中留下了深刻的印记，怎么也消散不掉。

如果是表兄妹的话其实是可以结婚的。实际上，日本在早几年间，经常会有表亲结成伴侣。我工作的公司里，就有一对表亲关系的男女结婚了。

不会有任何阻碍。

我还是觉得难以置信。

我们彼此拼命地忍受着、坚持着没有越过最后的底线，可没想到这底线竟是一场闹剧。

我的嘴角又浮现出讽刺的笑。

为了不笑出声来，我使劲绷着自己的脸，使得脸上的烧灼感更重。虽然有些痛，我最终还是忍不住大笑了起来。

我对自己挖掘出的真相很有自信。已经真相大白了，我的内心深处变得十分平静。我再也不会因此而感到不安了。

我们虽是兄妹，但并不是一个母亲所生，也是各自成长的。

我突然觉得很累，轻轻地后退了几步，靠在了墙上。墙面凉凉的，靠上去很舒服。

我们为什么会被彼此吸引呢？是因为我们的血缘关系吗？那又是什么让我们相遇的呢？

我又瞥向了他。

那个曾经打动了我的心，陪我度过了一个美好季节的男人，现在就坐在那里。

他低头抱着膝盖，面孔因厌恶而变得扭曲。

然后，我意识到了一件可怕的事情。

我已经对他失去了兴趣。

当我确认我们只是表兄妹关系，因此可以没有任何阻碍地交往这个事实之后，我就意识到我对他的感情也逐渐清醒了过来。

人心是多么的不可思议啊。

我们之间正是因为受到了阻碍才会燃起爱情的火花。这种话我曾经以为只会出现在故事里，没想到我对他的感情也不过如此。我做梦也没想到，当我知道我们之间并不存在阻碍之后，自己会变得如此清醒。

我伸手想要撑在榻榻米上，却忽然摸到了自己裙子里藏着的那把刀。

死在了山里的男人。

那个男人，并不是我的父亲。虽然那个男人的确是他的父亲，可和我根本没有任何关系。

这样想着，我就感到有些不可思议。明明自己到刚才为止还把他当成了自己的父亲。

他为什么会死?

我再次产生了疑惑。

我觉得自己此刻看待事情的角度和刚才与他讨论时已经有所不同了。

我现在非常冷静，甚至觉得现在的自己可以握住世界的真理。

像他那样的专业人士竟会从视野开阔的悬崖上意外跌落，我怎么想都觉得不可能。

那个男人因“儿子的突然出现”而动摇，或者是“为了确认其是否为自己的儿子”才意外跌落，这是我们到目前为止得出的结论。但现在想来，那个男人真的有必要走到悬崖边上吗?

悬崖那里的景色很美。

这句话引起了我的注意。

我开始回想那里的风景。

在那悬崖之下有一条溪谷。那里是我们曾经路过的地方，我们最开始就是从悬崖下的道路上进入了山里。

我的脑海中又浮现出当时三个人前前后后走在一起的情景。

会不会是有什么人在那里。

如果有人从下边的溪谷旁经过，想要对上面的人传达什么信息，或是交换什么暗号，那么那个悬崖边上就是最适合的地方。

山上除了那里之外，都是森林道路，人走在其中，从悬崖下是无法观察到的。

我们的那个休息地，的确是最适合与悬崖下的人进行联系的场所。

不知为何，我开始冒出了冷汗。

一股可怕的寒意掠过我的后背。

我为什么会如此紧张呢?我到底又发现了什么呢?

如果——如果那个男人知道了他和前妻之间还有孩子的话。

我突然产生了这样的假设。

然后悄悄地看了眼耷拉着脑袋的表哥。

如果，那个男人和我眼前的这个男人性格一样的话……那么那个男人是否也会若无其事地假装看不到摆在眼前的事实，从而回避质问、逃避责任呢？

突然，那个男人的身影和我眼前的这个男人重合在了一起。

他们两个人惊人的相似。

冷静又聪明，从不会脏了自己的手的男人。假装意识不到自己的虚伪一面的男人。

他们的直觉都很准，都非常擅长迅速察觉可能会给自己带来麻烦的事情。

或许自从我们这两个来自东京的游客找他做向导的那时起，那个男人就已经开始怀疑我们可能是他的孩子了吧。恐怕他也早就知道自己的前妻为他生了孩子。

而且，他也已经得到了确凿的证据——千浩的刀和丢掉的烟头只不过是可以提供帮助的旁证，只是为了慎重起见。当然，那个男人也并没有打算向我们坦白自己的父亲身份吧。

曾经那个放荡不羁的浪子，也已经在这片土地上安身立命，有了可以守护的家人。他已经变得胆怯，再无疯狂的想法，也不愿让自己的生活再次掀起波澜。

但假如，那个男人偷偷摸摸地打听即将到来的游客信息这件事让别人产生了怀疑的话——如果除了那个男人之外，还有其他人意识到游客可能会是那个男人的儿子的话。

我的眼前又清晰地浮现出一个场景。

在悬崖下，一个年轻的女人抱着一个年幼的孩子，眼睛里满是血丝地向上望着。

来自城市的男人，曾经结过一次婚，城市里有他的前妻。

丈夫有着许多不为自己所知的过去和岁月。而自己的丈夫正因那对来自东京的游客而感到心神不定，并且还怀疑着、调查着他们。年轻的妻子看到丈夫这副样子，心中产生了不安。她害怕丈夫的过去会找上门来，不，准确地说，她害怕的是“过去”会带走她的丈夫。

她开始留心丈夫的调查内容。她带着孩子，凭着自己作为妻子的直觉，得出了和丈夫同样的结论——这次来的游客，就是丈夫和前妻生下的孩子。

他们会聊些什么呢？

他们之间又会发生什么呢？

作为妻子一定会很担心吧。

根据他们的谈话内容，丈夫有可能会选择离开自己——可能会向自己提出要返回东京。他也可能会向自己索要钱财，使得自己和孩子的生活陷入贫困的境地。又或者是，丈夫看到长大成人了的孩子们，动了心，会想要回到孩子们的身边……总之，丈夫有可能会抛弃自己和孩子。

如果是这样、如果是这样。

她的心里应该充满了猜疑和不安。

而且，结束了第一天向导工作的丈夫，回到家后心情也很消沉，还会总是一个人陷入沉思。这更加剧了妻子的不安，甚至让她如坐针毡。

于是第二天，她便开始了行动。

她下定决心，要抱着孩子去丈夫的工作地。

她想和那两位来自东京的游客见面。

也许，她还会给丈夫打电话，告诉丈夫自己的要求。

那么，丈夫会作何选择呢？

我仿佛能看到那个男人焦急的样子。

他慌忙向我们提出休息的建议。他必须要让前妻的两个孩子停留在某处。

也许，那个时候他的妻子也联系了他，告诉了他，自己已经到了下面的登山入口处。

他十分焦急，等离两个孩子远一些之后，便通过电话和妻子联系，想要阻止她。

他慌张地对着手机说话的样子仿佛浮现在眼前。

当时，他无论如何都想要阻止自己与前妻生下的孩子和现在的妻子见面。

毕竟他一直都装作并不知道我们是他的孩子，而且已经安全度过了两天，行程也即将结束，他已经快能和我们顺利分别了。

他极力地想要避免被妻子在所有人面前指出他们的真实身份。如果妻子真的这么做了，那么本来已经相信父亲没有认出自己身份的孩子们，可能还会说出别的事，导致事态更加混乱。

他必须想尽办法，来阻止已经走到山脚下的妻子。

唯一能看到下面山脚的地方——就是那个视野开阔的休息地附近的悬崖，他对着下面的妻子拼命地打着手势，想要暗示妻子——

他，幅度过大地探出了身子。

他，脚下一滑。

他，坠落山崖。

死在了抱着孩子来找他的妻子面前。

想象中的场景过于清晰，以至于一股无法抑制的寒意涌上我的心头——他和妻子应当都一脸惊愕，而年幼的儿子则无知地目睹了父亲坠落山崖——妻子很快就明白，丈夫已经永远地离开了自己，便条件反射般逃离了现场。想象中的妻子逃走的背影，在我心中始终无法抹去。

23

一旦情感得到宣泄，最初的愤怒都会变成自我厌恶感，在身体中渐渐蔓延。

没想到自己竟会对女性施以暴力。

而且，还是对她。

没想到，我竟会……

自我厌恶这种东西，一旦发作就会让人感到口中有难以言表的苦涩涌出。我已经做出了无法挽回的行为。

她对我已经没有任何留恋了吧。打她脸的那只手现在还隐隐作痛，手上的感触久久不能消散。我反复回味着那个瞬间，刚才发生的事就像是一部影片，在我眼前循环播放着。

她在榻榻米上躺着。

一动不动。

她应当不是因为疼痛而无法动弹，一定是因为无法接受被我打了的事实，而受到了极大的冲击吧。

她是会愤怒、悲伤，还是会感到震惊呢？

她瞥了我一眼，表情十分可怕。

她终于慢慢地起来了，茫然地看着我。

我也用余光观察着她。她没有整理自己散乱的头发，表情也没有显露出内心的任何情感。

到底是怎么回事？就在刚才，有一种狂暴、势不可当的情绪在我心中爆发。我为什么会如此愤怒呢？

我一时无法动弹。

也无法再看她的脸，但我知道，她一直在盯着我看。

过了一会儿，我感觉到她的表情有所变化，便下意识地看向她。

她的脸上，布满了惊愕。

我被她的惊愕所感染，心中产生了恐惧。

“你怎么了？”

明明应该先向她道歉，却不由得向她说出了自己的疑问。而她自己，好像也变得不太在意被我打了，反而更在意别的事情。

“没什么。”

她面无表情地摇了摇头，又看着我说道：

“但是，我好像明白了你的父亲为什么会死在那里。”

“什么？”

我不由得愣了一下，她却突然移开了视线。

“为什么？到底是什么原因？”

你的父亲。

看来她也终于承认了那个事实。

我仿佛听到她在强调：

那不是我的父亲。

她又陷入沉默。

“你想起什么了吗？”

我又向她问道。如果她对那个男人的死亡原因有了头绪，那我一定要知道。

她斜着眼瞥了我一下。

我的身体一下子变得发烫，我从她的眼神中看到了我最害怕的东西——轻蔑。

她的脸上浮现出的，是冷冰冰的蔑视。

“你为什么不试着自己思考一次？那可是你的父亲——而且你们的性格应该也很相像。”

她冷淡的语气让我的脸变得更烫了。

“我不知道他的性格。”

“是吗？可是我觉得你们很像啊。你就把自己想象成是他就行。你以父亲的身份想象一下，当时他的心境如何，又在想些什么？”

她虽然嘴上这么说着，但看起来已经无所谓了。

她的声音里，连轻蔑都已不复存在，有的只是空虚。我仿佛能听到她此时的真实想法：这一切与我无关。

“虽然这件事和你已经没什么关系了。”

我强忍住自己的愤怒，冷静地对她说。

“但对于我来说，那是我的父亲。如果有什么头绪，希望你能告诉我。”

她瞪圆了眼睛，“噗”的一声笑了出来。

“就这样吗？”

我再次努力克制住了自己的怒火。

她缓缓地摇了摇头。

“‘希望我能告诉你’。你是说‘希望我能告诉你’啊。不是‘必须告诉你’，而是‘希望’。看来你父亲在你心中的地位也不过如此嘛。”

我一时语塞。

她又摇了摇头。

“我不会告诉你的，反正这些都是我的猜测。就算我说出了我的想法，你也总是否定我，要不就是惊讶于我竟然会那么想。等着我说出自己的想法，然后想方设法地批判已经成了你的习惯。你一定很恨我动不动就会口出恶言吧。甚至现在你也正在怨恨着我，因为我一直在说你不想听的话。”

“没有这回事。”

面对她的指责，我努力隐藏着自己的动摇，因为我知道她说的一切都是对的。

“我不会再生气了。所以，告诉我吧。”

我带着无比的诚意，再次请求她。

但她只是露出冷漠的表情瞥了我一眼。

“我是不会告诉你的。”

“不要故意为难我了吧。”

“我可不想再被你打了。”

我这才意识到自己还没有向她道歉，便慌忙深深地低下了头。

“对不起，是我不对。我本来没想要动手的。”

“怎么说呢，你呀，本身就是个有暴力倾向的人。”

她一边摇头，一边对我说道。

“我有暴力倾向？”

“嗯，我以前就是这么认为的。”

“我没有。”

我立刻否定了她。

“可你刚刚还打了我。”

“所以我向你道歉。因为我刚刚了解到了很多出乎我意料的真相——这些真相搞得我有些心情烦躁。”

“是啊是啊，都是我的错。所以，我再也不会说出我的想法了。”

她叹了口气说道。

我其实可以继续和她争论，也有很多话能反驳她，可我却感到一丝不安。

因为我忽然冒出了一种想法：她既然如此坚持，那我也许真的是一个暴力的人。

突然，她像是想起了什么似的看向我。

“喂，千浩，你，爱过谁吗？你有发自真心地爱过谁吗？”

我顿时哑口无言。

她不经意间的质问，成了今夜发生的各种意外中最让我出乎意料的事。

你，爱过谁吗？

她心不在焉地看着我。

她不仅对我已经没有任何爱意，甚至也不相信我会对她抱有一丝爱恋之情。

我感到很意外，没想到自己会因此大受打击，倍受煎熬。

我无法回答她的问题——因为连我也说不出自己是否真的爱过谁。

实沙子的样子，在我心中也逐渐变得模糊起来。

她就像是一张记录了某处遥远风景的老照片。我开始有些不相信，自己离开这里后是否真的会去她那里。

可是，她也并没有期待我的回答。

她蜷缩着，沉浸在自己的世界里，眼神茫然地盯着墙上的一处。

我忽然觉得很累。

我已经疲于今夜的这些情感纠葛、自我厌恶和意气用事了。

多么混浊的夜晚啊——我们到底在做什么呢？

我随意地躺了下去。

身上的汗液沾在了榻榻米上。

如果世界毁灭就好了。

我不负责任地胡思乱想着。

毁灭后唯一残留在这世界上的，只有我们这个公寓里的这个房间。

外面已经是一片废墟，只有我们两个人还没有意识到世界的终结。如果我们能就这样什么也不做，躺在榻榻米上慢慢腐朽就好了。

“那部电影的结局我想起来了。”

她突然开口了。

“啊？”我一时没有反应过来。

“之前说的电影啊。就是有一群大学生，待在公寓里的一个房间里，互相比着看谁能忍受煤气的时间最长的那部电影。”

“最后怎么样了？”

我随口问道。

“大家都跑出去了。最后的场景是一个女孩儿独自走在夜晚的道路上，伴随着像演歌一样的曲子，然后就结束了。”

“哼，真无聊啊。”

“是很无聊。”

我们两人久违的意见统一了。

“真的很无聊啊。”

她又重复了一遍。

突然又看向厨房。

“你说用煤气自杀需要多久才会死呢？”

“房间还是蛮大的，我估计得需要好一段时间。不如选择在车里自杀，把废气吸进车里，然后关紧车窗应该更靠谱一些。而且释放煤气还有可能会引起火灾甚至引发爆炸，给附近的人也会带来很多麻烦的。”

“是啊，房东也会跟着倒霉。自己的房子里有租户自杀，以后房子也就租不出去了吧。”

“还有一种方法，就是把门窗都关起来，然后烧煤。这样就会导致一氧化碳中毒，也不会造成爆炸。”

“啊，就是网络上招募伙伴相约一起自杀时经常会使用的方式呢。”

我们进行着毫无意义的对话，她的眼睛里却隐约浮现出一丝兴奋。

“如果我和你死在这个公寓里，外人会怎么想呢？”

“你是说一氧化碳中毒而死？”

“怎么都行。就在我们即将搬家的当天早上，我们两个人死在了这里，你说人们会说些什么呢？”

我想象着躺倒在榻榻米上的我们二人。

不知为何，我想象中的这个场景十分真实。

而且，想象中已经死了的我们，连姿势都和现在的我们很像。

“自杀？还是他杀？”

“不确定哦。”

“我想想啊，人们会说我们是厌世吗？可能也不会吧。”

“双胞胎兄妹双双殉情的理由会是什么呢？”

“是什么？”

也许，我们脑海中，都浮现出了同样的答案。

为了实现那不被允许的爱。

当然，我们绝对不会亲口说出那个深埋心底的答案。

奇怪的是，这个时候，我们又觉得彼此的心融为了一体，就像以前一样。

经过了长时间的心理战，疲惫不堪的两人不知不觉间又回到了最初的状态。

我们在这里一起度过的几个月的紧张生活也消失得无影无踪，彼此间曾经的相似感在这瞬间又回到了我们身上。

“好累啊。”

她小声地说，看上去有些孤单。

“嗯。”

“我们一起死吧？”

她笑着对我说。

我突然感到身体哆嗦了一下。

因为，她的这个笑容看上去性感又美丽。

而且，我居然也对她的这个提议感到无比的高兴。

24

高中一年级的时候，我交了一个男朋友。

他是一个心地善良、正直诚实的男孩子。

但现在想来，我会喜欢上他是因为他先喜欢上了我。

我只是喜欢那个爱慕着我的他，而并不是因为单纯的爱意才和他交往的。

这之间的细微差异，对于还不能识别自己的感情是否为恋爱的懵懂青年们来说是无法辨别的。

我也觉得自己和他相恋了。其实，每次见到他的时候我的心都会怦怦直跳，开心极了。

我表现得就像个热恋中的少女。我会说他想听的话，会做出他想看到的表情，还自以为这些都是出自我的真心。我觉得这就是恋爱，还为此感到心满意足。

可现在我明白了，付出了真心的一方，是能在瞬间识破对方的回应是否真诚的。

他觉得我对他的付出都是在演戏，慢慢地就无法忍受了。

他一点一点地说出了对我的不满，后来一有机会就会指责我。而我总是觉得莫名其妙，完全不明白自己为何会被他责备。渐渐地，我对他的责备开始感到反感和气愤，最终我们还是不欢而散了。

为什么会突然想起那时候的事呢？我自己也觉得有些奇怪。

而现在，我居然会对已经知道几个小时后就要分手的男人提议说：“我们一起死吧。”

我眼前的他和那个男孩儿一点也不像。那个男孩儿有着不同于他年龄的包容和细腻，是个很好的男孩儿。他们长得也完全不像，我没有理由把两人联想到一起。

可是，一旦想起了那个男孩儿，他的身影就怎么也无法从我的脑海中被抹去。

记忆里的那个男孩儿就呆呆地站在远处看向这边。

应当是在寒冷的冬天，他围着围巾，静静地注视着这边。

是的，那个男孩儿在心底责备着我。

他的眼睛仿佛在对我说：

你不必装作喜欢的样子。

不，准确地说，他应当是这么说的：

“喂，已经可以了，你不必再勉强自己装作喜欢我了。”

那一天，那个男孩儿就是这么对我说的。

我觉得自己的脸有些发热。他为什么要说如此令人厌恶的话？我明明总是满面笑容地面对他，明明总是在为他付出。

尽管如此，他眼中浮现出的寂寞与失望还是让我有些慌乱。

我突然觉得好像附在自己身上的恶灵被驱除了一般，全身都变得冷冰冰的。

我这才意识到，自己一直以来都是在配合他，演着一出“热恋中的男女”的戏码。

那一刻，我感到无比的内疚、羞愧和难为情。我为了消除这些情绪，就装出生气的样子，让愤怒驱散那些消极的情感，从而摆脱自己种下的伪善、傲慢、残酷和耻辱的恶果。

我突然能理解他了。

也就是说，现在的我正在做和当时一样的事。

我明明不喜欢他，只是觉得喜欢他是理所应当的，所以就这么浑浑噩噩地奉承着他，讨他欢心。

“我们一起死吧。”

我清清楚楚地看到了，说出这句话时他眼中浮现出的喜悦。曾经深刻体会过的内疚感，如今又刺痛着我的身体。

他一定以为我原谅他了吧。

其实并没有，我只是觉得这一切都无所谓了而已。

可是，我还是下意识地去讨好他。我还是对着自己已经不喜欢的，明天——不，已经是今天——今天就会搬到别的女人家的那个男人，说了奉承的话。

明明已经受够了总是阿谀奉承别人的自己，可我为什么还是会下意识地去讨别人的欢心呢？是因为害怕被讨厌吗？

我正想着这些，又看到眼前的他嘴唇在蠕动。

他是在说：

“如果是和千明一起的话，我愿意。”

我的内疚感一下子消失了。

原来他也在讨我欢心。

那么，谁又能说他眼中浮现出的喜悦不是一种演技呢？这点我也一样，自己和那个男孩儿正在恋爱的时候，脸上大概也会浮现出这样喜悦的表情，眼睛里渗透着对他的爱意，也总是温柔地注视着他。

而现在的我已经是大人了，我的演技也比以前更加高明了。毕竟这可能是我们最后一次在一起，都想给对方留下关于自己的美好记忆，这也不足为奇。

主要还是因为自己年纪大了吧。

想到这些，我在心中不禁苦笑了起来。

如果我还年轻，一定会将这段感情做个了断，哪怕舍弃一切，也要干干净净地与他断绝关系，然后潇洒地离开。

但是，上了年纪之后就不能如此潇洒了。随着年龄的增长，人会变得妥协，也会精于算计，最重要的是，人们会变得害怕寂寞。如果觉得寂寞或者心情不好时，就要学会对对方的缺点睁一只眼闭一只眼，学会蜷起身体撤退。

这就是大人的智慧，是保护自己心灵不受伤害的方法。

而现在，我们两个互相凝视着彼此，一如从前。

也正如之前一起度过的岁月里，我们都假装不知道彼此心中的想法，保持着我们的共犯关系。

忽然，我觉得向他提出的问题也同样可以用来质问自己。

你，有没有爱过谁？

我又如何呢？我爱雄二吗？我爱过眼前的这个男人吗？那又真的可以称为爱吗？还是说我现在只是在重复着之前犯过的错误呢？那个围着围巾的男孩儿在很久以前就已经揭穿了我的虚伪，也许我现在的行为，也只不过是对那虚伪的一种延续罢了。

他一下子移开了视线，躺倒在了榻榻米上。

“死亡可真是奇妙啊。”

他突然说道。

“是啊。”

我点了点头。

“不老不死，也许并没有那么有趣。”

我们毕竟是共犯，这样的话题也是可以聊得下去的。

他看着天花板继续说道：

“而且，对于人类来说，主动求死就更厉害了，死就成了生的一个选项。你不觉得这意义很深刻吗？”

“有人说旅鼠这种动物的集体自杀行为其实并不存在，是真的吗？”

“啊，好像最近有研究结果证实了。”

“那旅鼠的行为又是怎么回事呢？它们集体迁移至海边，又从悬崖跳下大海，不是自杀难道是在玩蹦极吗？”

“这可说不准。”

我几乎是在敷衍他，可他却一本正经地回应着我，我不由得看向他。

“蹦极？”

他又重复了一遍，然后点了点头。

“夏天不是也有会飞进火里的飞虫吗？虽然飞虫是主动飞向光亮的，但我们也不会觉得飞虫是在自杀吧。”

“嗯，那倒也是。但飞虫成群结队、气势汹汹地扑进火里，又是为了什么呢？”

我不由自主地转头看向公园里的路灯。

“虽然不知道飞虫扑火的理由，但飞虫在扑进火里时，只会感到兴奋和欢喜吧，所以也就是那么一回事。”

“什么‘那么一回事’？”

“也就是说，‘死’是‘生’的无数选项中的其中一个。‘死’和‘生’并不是单独的个体，‘死’应该是‘生’的一部分。”

“哦，原来如此。听你这么一说，总觉得心态也变得平和了。但是，你这样的说法不就是肯定了自杀这种行为吗？”

“我既没有肯定也没有否定。说到底‘死’也不过是一种选择而已。即使没有自杀这种行为，也存在着许多不合理的死亡。”

“嗯，的确。”

坠亡于施工现场的女孩儿。正是那个小女孩儿让我走到了今天这一步。

那个掉下山崖的男人，赋予了他生命的男人。

还有医院里即将离开这个世界的女人。

他们在无数“生”的选项中，选择了其他，才有了如今的我们。

如果一切都是“生”的选项，那么喜欢一个人又究竟是怎么回事呢？

如果是因为繁衍后代的需求，那就只是单纯的欲望驱使。所以，“喜欢”这种情感应该是只有人类才有、刻在人类基因里的利己思想使然。

也可能是为了激励、鼓舞人们，让人们自愿承担起养育后代的责任。可这么一来，喜欢一个人的目的就又成了繁衍后代。爱就不再是为了爱情，而是为了子孙后代。这么一想，“喜欢”这种情感会变得没有归属感和成就感，大概就是因为没有“繁衍后代”这种生物永恒的追求作为支撑的缘故吧。

“死，是生的一部分吗？”

我小声重复了一遍。

此时此刻，我才切身感受到这一点。

筋疲力尽，看不到未来会如何的此时此刻。一切都变得很麻烦，只能浑浑噩噩地奉承他人，甚至无法对这样的自己感到厌恶的此时此刻。

也就在此时此刻，死亡的诱惑到来了。

这诱惑散发着甜美的香气，若无其事般来到眼前，来到了我触手可及的地方。

死亡难道不是一种解脱吗？

我产生了这样的错觉。

逃离这里，去向死亡，不就可以了无烦恼，解决一切问题，从此变得安逸了吗？

我明白了，殉情在某种意义上来说就是生的一种成就。唯有彼此的死，才能让我们获得“喜欢”这种情感带来的成就感，因为这样就否定了生物永恒的追求——繁衍后代。

他躺在榻榻米上，转移了视线。

“快要天亮了，总觉得外面的天空也比刚才明亮了。”

“现在是人们最想死的时间段。”

我向窗外望去。

初夏的黎明来得很早。

外面还是一片漆黑，但黎明就在某个地方潜伏着，等待合适的时机。天空的一角也潜藏着阳光的气息。

世界上有多少人在感受这个黎明呢？又有多少人熬过不眠之夜，在绝望中感受清晨的气息，叹息着自己仍未死亡呢？不，也许世界上的某个地方，有人正在死去——代替了无法死在这里的我们。

又或许，我们也能死掉呢。

我看向他。

他又恢复了往常平静的表情。

他刚才表现出的激动、自我厌恶和愉悦等情感全都荡然无存，而我熟悉的，那个冷静又理智的他正凝视着天花板。

如果是身为共犯的我们，是内心充满了伪善、傲慢、残酷的我们的话，也许只会把自身的死，归咎于“为了成就那不被允许的爱”之类的托词。其实我们并没有喜欢任何人，只是看透了彼此心中的自恋情结。但借着黎明的魔力，我们也许能将那个托词变成真的。

诱惑。

这是诱惑。

但我也只是想象一下，不会付诸行动。在现实世界中，很少会有这样戏剧性的结局。多数人都只会在彷徨中迎来自己模糊不清而又平淡无奇的结局。

今夜会有所不同吗？

我握紧了裙子口袋里的刀。

我们，又应该迎来怎样的结局呢？

25

夏天的清晨，来得很早。

刚一感受到清晨的气息，转眼间天空就变白了。

夜晚被强行换下了场。

整整熬了一个通宵之后，我的后背仿佛被插入了一根硬木板，让我直不起身子。想要判断出一个人前一天有没有得到充足的休息和睡眠，就可以观察这个人走路时是否有些不协调或不自然。

今夜过得可真快啊。尽管如此，我还是觉得自己好像经历了一场漫长的旅行。

我们把饭菜摆在行李箱上吃吃喝喝，就好像是很久很久之前的事了。怀疑、恐惧、愤怒、后悔，我们仿佛在这一夜感受到了所有的情感。

奇妙的满足感和焦虑感与疲劳感融为一体，使得我现在产生一种似豁达又似陶醉的不同寻常的心境。

我们解决了什么，还有什么没有解决。

我已经搞不清楚了，也无所谓了。

不管怎样，充斥着各种阴谋的夜晚迎来了终结，公明正大的黎明已经到来。黎明，能驱散人心中的阴霾，把一切引导回正轨，能将几小时前觉得无比重要的事变得渺小，也能褪去妖艳，让一切回到始初。

在我心中仿佛有一条分界线，一边是兴致盎然，一边是无聊至极，而和她一起赴死的这个想法，就恰巧处在这条分界线上，保持着一种微妙的平衡。

情感和理智在我脑中角力，使我难以集中注意力思考。

这时，那个东西进入了视线。

那是这个房间里除了行李箱之外唯一的东西。是我们一直都搁置着没有解决的问题，也一直小心翼翼地避而不谈的东西。

“千明，那个，怎么处理？”

我用下巴指了指那东西，喉间发出了沙哑的声音。

她一脸疲惫地看了过去。

那是一个很大的相框。

大概有 B4 纸的尺寸，看上去像是个很大的画框。

这种相框可以放进很多照片，相框的一角还镶着一块表。

相框的镶边是焦糖色的木片儿拼花，沿着玻璃画出了优美的曲线。

我们刚刚搬到这里时，每天都过得很开心，这个相框就是我们在一家画廊买的。虽然只是一个相框，但做工和设计几乎接近于一件艺术品，价格也着实让我们吃了一惊。可毕竟我们都一眼就相中了，也想将其当作搬家的纪念品，于是就趁着兴奋劲儿两人各掏了一半的钱，把相框买了下来。

我们二人都认为买得很值。

尽管价格有些昂贵，但放在我们的公寓里很搭，木质的优雅设计也让我们百看不厌。

我们每次旅行归来都会往这个相框里放一些旅游纪念照片。

我们每天都会看着放在里面的照片，一起商量下一次要去哪玩儿。

而现在，一直在房间里铭刻时间、守望着我们的相框，也变成了被遗忘的对象，孤零零地靠在房间的角落里。

里面一张照片也没有了。

而且，那块表也停了。

去年，我们从失去了那个男人的 S 山区回来之后，就再也没有往里放过照片，也不想再为那块表更换电池了。

空了的相框，仿佛和墙壁融为了一体。

可也正因为相框里什么也没有，对那座山的回忆才在我们的脑海里留下了深深的烙印。

刺眼的阳光、令人窒息的山路、极具压迫力的森林和脚下冒着热气的青草。正因为那里是我们从未见过的风景，所以直到现在，那里的景色在我们心中依然鲜明如初，依然会让我们痛苦，也将会永远地留在我们心中。

现在回想起来，我们注视着那个相框时，相框中的空白仿佛也慢慢地改变着我们。那片充满杀意且难以填补的空白，一点一点地腐蚀了我们，让我们之间的关系发生了变化。

我们不再往里面放照片之后，那块表也停了。

即使我们意识到那块表已经停止了转动，也都保持了沉默。我们甚至连表已经停了这个事实都不愿承认。如果是在那次旅行之前，我们会互相提醒对方“更换电池”吧。

当我们决定要各自搬家，开始慢慢整理自己的行李之后，就再也没碰过这个相框了。

相框周围的东西被接二连三地搬走了，房间也渐渐变得冷清，只剩这相框还孤零零地留在这里。

丢掉要付很贵的垃圾费，用的时间太长又不好卖掉，说是古董也够不上，也不忍心直接送给别人。

可就算这样，我们也不愿带走这东西，因为带走对我们来说是一种痛苦。

也许我们都想让对方带走，可又不希望已经分手的两人中，有任何一方还保留着这东西。

所有的行李都收拾好了，相框也还在原地。

甚至摆放相框的橱柜也已经搬走了，他却还在这里留着——没错，不知为何，我想称呼这个相框为“他”。

“是啊，怎么处理呢？”

她呆呆地看着相框回答了我，眼中没有一丝情感。

“就留在这个房间里吧。我不想扔掉，更不想卖掉。”

看来，她的想法也和我差不多。

“要不然就塞进壁橱里？但下一个租户来之前，不动产公司肯定会来打扫房间，这样的话还是会被处理掉的。”

“是吗，那还是会被扔掉的。也可能会被别的什么公司回收，最后卖到旧货店里吧。”

她面无表情地嘟囔着。

“想来也蛮恐怖的。假如我是这里的下一个租户，当我入住这里之后，发现这里只有一个空的大相框还孤零零地留在这里，那我绝对会立刻扔掉，不管这东西看起来多么昂贵。”

“是啊，也许下一位租户会产生‘里面放过什么样的照片’‘为什么只把相框留在这里’这类的疑问吧。”

千明所说的这些疑问，或许也恰巧是我们犹豫的原因吧。

一想到之前放进过和没有放进过的照片，我就不愿带走这相框了。

我们都目不转睛地注视着靠在墙边的相框。

仿佛照片还在那相框里面。

仿佛里面还有我们所失去的过往。

不知不觉间，我把手伸向了那个相框。

我轻轻地将那个沉甸甸的东西拉到了身边。

“千浩你要带走吗？”

她带有一丝期待地问我。

“不，我还没有想好，只是想拿过来看看。”

我把相框翻过来，拨开了上面的金属吊钩，打开了相框的底板。

我又从记事本里拿出了一张照片，放进了相框正中间的那一格。我盖上底板，把相框合了回去。

翻过相框，在一片空白的正中间，往日的情景再现了。

那是我，和她，和那个男人的合照。

那是我们旅行时，其他游客为我们三人拍摄的，第一张也是最后一张合影。

三人回过头看的视线，穿透了时空，直射到未来的我们的身上。

是的，就像是在书店里看到的那张近百年以前的照片一样。

像这样收纳在玻璃相框中，被华丽的镶边包围着，使得这照片看起来和之前完全不同了。

“我们看起来很幸福啊。”

她小声地说。

没错。

焦糖色的木片儿拼花相框里的合影，看上去就像是幸福的一家人。在明朗的天空下，身处于大自然中的我们，仿佛满心愉悦。

但那已经是很遥远的光景了。

是童话般遥远的世界。

这虚伪的合影，被收纳进了相框，永远地封存起来，仿佛这样就可以证明照片中的人是幸福的。

“也许是这么一回事。”

我对她说道。

“怎么一回事？”

她又问向我。

“拍照的时候，大家都会微笑。无论是班级还是公司合影，大家看到相机就会反射性地露出笑容。相册里的照片也都是大家满面笑容的样子。如果只看照片，人的记忆就会渐渐地被篡改。会让人陷入一种错觉，错认为合影中的人们当时都是其乐融融的。但实际上，合影里的人们之间也许关系并不融洽，也许会有欺凌的情况发生，也可能存在着爱恨交织这类复杂的关系。”

照片里的我们也都笑着。

拍照时人不只是在面对镜头，更是在面对未来会看这张照片的自己。所以人们笑着面对镜头，也是为了将来不再回想起曾经的不愉快。所以对着镜头微笑的我们，与未来的我们也就可以称为是共犯关系了。

于是那个瞬间，我们将那一刻的绝望、憎恨、恐惧、放弃的心情都藏到笑容背后，等待忘却。

我们通过镜头，向未来的自己微笑。

经过岁月的过滤，过去的一切都会变得甜蜜。

一切都是幸福的回忆。

她“哈”的一声，打了个哈欠。

是一个像孩子一样的，毫无顾虑的哈欠。

“我可以躺一会儿吗？”

她一边问我，一边躺倒在榻榻米上。

“当然可以。还能睡三个小时左右吧？”

“千浩要睡会儿吗？”

她揉着眼睛问我。

我点了点头。

“嗯，我也没精神就这么等着工作人员来了。不知道睡不睡得着，但我还是躺会儿吧。”

“那这个怎么办？里面也放进去照片了。果然放进照片才像个相框啊。”

她瞥了一眼相框对我说。

“醒了再说吧。”

“好吧。”

我也躺在了榻榻米上。

榻榻米微微地黏住了身子。恐怕今天之后我再也碰不到这个榻榻米，也感受不到这种触感了。

窗外清晨的气息，越发浓烈了。

黑夜已经没有胜算了。小鸟的鸣唱就是晨曦的援军。

我闭上了眼，却丝毫没有睡意。我的眼睛里一片明亮。我知道让钟表的时针倒回至夜晚已是不可能的了。

清晨——不，太阳是多么伟大，又是多么残酷啊。太阳以它压倒性的光明重置了一切。

重置的一切。就好像我们在镜头前的微笑一样。

重置的一切，将一切都变成了美好的记忆。让世界重现光明。

对此，我感到深深的绝望。可我知道，就连这绝望，也会随着清晨的到来而荡然无存。

快了，就快了。

我静静地躺在榻榻米上等待着清晨的到来，内心怀揣着无比的绝望，同时也感到了难以言表的安心。

26

也许，这是一个关于一张照片的故事。

我慵懒地躺在榻榻米上，呆呆地望着放在相框正中间的照片。

那个曾经我们每天都会注视的相框，铭刻着我们岁月的相框。

相片里的我和他，还有他的父亲。

虚伪的笑容，虚假的血缘。

这三个人仿佛出演了一整晚的滑稽剧。虽然其中一人已不在人世，但那个男人昨天晚上确实对我们产生了很大的影响。那个男人在我们心中留下了不可磨灭的阴影，而直到这个清晨的到来，阴影才稍稍退却。

是的，这是一场滑稽剧。

所谓悲剧，在他人看来是喜剧，但对当事人来说，却从头到尾都是一场滑稽剧。

那件事令人气愤、惹人发笑，却又如此沉重——而且还很可悲。

清晨终究是到来了。

即使闭上眼睛，清晨也马上就到了。

清晨总是让人怅然若失，也宣告了我们所有的疑惑、迷茫、犹豫不决和优柔寡断都到此为止了。晨光就是已经到了结束时间的信号。

眼睛有些隐隐作痛。

到时间了。我和他之间剩下的时间，也已经所剩无几了。

光在微微闪烁着。

不知是灯泡发出的光，还是清晨的阳光。

最终，那道光变得斑驳闪烁。

我看到三个人走在绿意盎然的深山里。是我们这虚假的一家。我们沐浴在斑驳的阳光下，一起在山路上走着。

我们愉快地交谈。

在这既非梦也非幻觉的影像中，我们就像是真正的一家人。

我们一家经过数年的分离，如今终于聚在了一起。为了填补我们过去的空白，我们欢笑着、愉快地聊着天。

真没想到竟然真的会是他。我虽然也暗自想过会出现这样的情况，但没想到竟然成真了。毕竟向导有很多，选中他的概率也很小。

其实，我在内心中也预感到会这样了。

怎么样，他的样子和你想象中的一样吗？

没有，我根本就没有想象出他会是什么样，毕竟他已经在那里安家立业，人也应该变得沉稳了啊。

咱们俩的再会也算是个偶然啊。我们在大学的网球社团里，碰巧组成了双打组合。不可思议的是，我们默契得像是一个人。我还是第一次有这种感觉。

是啊，说实话，一开始我还产生了误会。我还觉得我们是命中注定的一对儿呢。

哎呀哎呀，那就厉害了。还好误会解开了。

嗯，是啊。说真的，我还真是吓了一跳，没想到我们竟然还有一个年龄相差这么多的弟弟。

有时间就来我家看看？我给你介绍介绍。

可以吗？

当然了。话说回来，树荫下面也好热啊。没想到我的身体素质这么弱，作为男人真是有些不好意思。

要是现在一口气登上去，之后应该就不会累了。

可是这里斑驳的阳光好美啊，就像是海底一样。你说鱼抬头看向水面时，是不是也是这种感觉呢？

绿色的阳光在摇曳着。

三个人从水底仰望着照射到水面的日光，眼中都浮现出了无限的憧憬。水面十分遥远，三人怎么也无法触及，只得默默注视着那无法射入水底的光芒，就如同在注视着他们永远不会到来的未来。

我睁开了眼睛，灯泡发出的光直射眼中。好耀眼。

我眯着惺忪的眼睛站了起来，关掉了墙上的开关。

灯泡失去了光亮，房间的温度仿佛一下子就降下来了。

可房间并没有完全变暗。窗外已是阳光明媚。

我看向窗外，又看了看榻榻米上的他。

他躺在榻榻米上，一动不动地睡着了。也许只是闭着眼睛，但看起来像是睡着了。

我又望向昏暗角落中的相框，看了看相片里三个人的笑脸。

记忆仿佛已经被重置了。那三个人，在我心中已经变成了我所想象的已经重逢了的三个家人。他们为了填补彼此错过的长久空白，为了确认作为家人的羁绊，而一起在那座山中旅行。这一切本应如此。

没错，我和他旅行归来后，本应看着这张幸福的照片，谈论着我们美好的未来。

这一次还好我们去了。

的确，没想到他会这么坦率地和我们聊天。

不知道为什么，总觉得现在有些消沉。明明去旅行之前还一直忐忑不安，但现在却觉得怎么样都无所谓了。

嗯。说实话，原以为和父亲的重逢会更有戏剧性，但怎么说呢，有些不尽兴，也有些过于顺利了吧。看来只有面对未知的时候才会没头没脑地乱想一通吧。

感觉已经无所谓了，他反正已经建立了自己的家庭。没想到自己会真心为他感到高兴，连我都有些意外。

他的孩子挺可爱的。

他妻子看起来也是个很好的人。

说真的，当时还觉得爬山会很辛苦，可还好我们下定决心过来了。

我们两个人一边看着相框，一边用手撑着下巴，开心地聊了起来。

我感到自己露出了一丝笑容。

然后我的双脚动了起来。

我轻轻地走向玄关，穿上运动鞋走了出去。

踏出门的瞬间，身体里涌出了一股奇妙的感觉，我一下子愣在了原地。

原来世界是这么广阔的吗？这几年来，我都以为我们的房间就是全部的世界。

惊讶，甚至觉得不够尽兴。

环视着周围的景色，我才发现，其实自己一次也没有认真地欣赏过这些早已看惯了的景色。

外面的闷热和屋内所差无几，但多少也有些凉爽。

我摇摇晃晃地走向旁边的公园。

清晨的公园冷冷清清的，仿佛这里不过是一个名为“公园”的装饰。

我坐上一个秋千。

看着旁边空着的另一个秋千。

曾经，他就会坐在那里，和我彻夜长谈。

我不知怎的，觉得这个公园里的一切都不能惊动，便也没有荡起秋千，只是把秋千当作椅子静坐在上面。不知不觉中，我掏出了口袋里的手机，拨出了那个电话号码。那个我最终也没有鼓起勇气删除的号码。

没想到铃声只响了三下对方就接了电话。

“喂。”

从他的声音中，我听出了他也一直没有睡觉。他肯定也没有删掉我的电话号码，所以不用说也知道是我给他打的电话。

“你醒了吗？”

我对远在电话那端的他说。

“嗯，我在想事情。”

“是吗。”

“还好吗？”

“嗯，准备要搬家了。”

“搬去哪里？”

“还没决定好，先去朋友家借住一段时间。你也认识的，就是那个玉木敦子。”

“哦哦，她啊，是在商社工作的那个女孩儿吧？”

我目不转睛地盯着公园里耸立着的钟表。

那个平时只会在房间里看到的钟表。

“那个，我呢，其实还是爱着他的，虽然一直没有承认过。”

他倾听着我突然说出的话。

“但是呢，那终究不过是作为兄妹的爱。正因为他是我的哥哥，我才会爱他。但如果他不是我的哥哥，只是单纯的一个异性，我是不会爱他的。听起来好像有些奇怪吧。”

他也在琢磨我的言论。

“嗯，我好像明白点了。”

“真的吗？”

“嗯，我现在明白了。”

“谢谢。我就是想要告诉你这些，抱歉这个时间给你打电话。工作，还忙吗？”

“嗯，最近非常忙。但是，忙得也算是有意义。”

他停顿了一下。

“……总算是让我松了一口气。”

我们共享着独属于我们的沉默。

“要多注意身体，不要太勉强自己。”

我一扫刚才的沉闷，换了个话题，他也很快回应了我。

“谢谢，你也一样。”

“那再见了。”

“再见。”

挂掉电话之后，早上那股强烈的压抑感又从脚边向上传来。

我轻轻地叹了一口气，慢慢地从秋千上站了起来。

钟表的另一边，就是我们的房子。

我们一起度过的岁月，也就在那边。

但像这样从钟表的这边看向那个房间，竟会觉得有些奇妙。

就好像是陌生人住在里面一样。

另一个他和另一个我，这两个人什么都不知道，天真快活地在那里度过另一种岁月。

我站定了身子，望向窗户。

敞开的窗户。

我仿佛又看到了那片斑驳的阳光。

这里就是那座山。我们三人都仰望着那斑驳的阳光。

不，现在我们三个人，都在仰望那扇窗户。

仿佛在旁观着本应幸福的岁月，本应真实存在的幸福岁月。

我意识到自己手里还拿着手机，便将手机放进了裙子的口袋，手却碰到了口袋里的一个坚硬的东西。

是他的那一把刀。

我拿出刀，盯着看了起来。

刻着他名字的刀。这可是昨晚那场滑稽剧里的重要道具。

我轻轻地打开折叠刀，刀身上映出了我模糊的面容。

突然一股冲动驱使着我蹲在了钟表下面。

我不知道自己为何会有那样的想法。不知不觉间，我已经开始用力地挖着钟表下的泥土。

就把刀埋在这里吧。把这把刀深深地埋在地下。然后谁也不告诉，悄悄地离开这里。

挖坑。

深一点，再深一点，我要让谁也找不到。

那块土地很硬，挖起来很是困难。

不久，我就气喘吁吁，脑袋里也是一片空白。

翻出的泥土的气息，冲进了我的鼻腔。

突然，满是泥土的刀身上，发出了闪闪亮光。

我急忙停住手，眯着眼睛看向天空。

终于，太阳升起来了。

图书在版编目（CIP）数据

消逝的谎言 / (日) 恩田陆著 ; 孙科译. -- 北京 : 中国工人出版社, 2020.10
ISBN 978-7-5008-7514-7

Ⅰ. ①消… Ⅱ. ①恩… ②孙… Ⅲ. ①长篇小说—日本—现代
Ⅳ. ①I313.45

中国版本图书馆CIP数据核字（2020）第208361号

著作权合同登记号 图字：01-2020-1175

消逝的谎言

出 版 人	王娇萍
责任编辑	姚 宁
责任印制	黄 丽
出版发行	中国工人出版社
地　　址	北京市东城区鼓楼外大街45号 邮编：100120
网　　址	http://www.wp-china.com
电　　话	（010）62005043（总编室） （010）62005039（印制管理中心） （010）62379038（社科文艺分社）
发行热线	（010）62005996 82029051
经　　销	各地书店
印　　刷	三河市国英印务有限公司
开　　本	880毫米×1230毫米 1/32
印　　张	8.125
字　　数	165千字
版　　次	2020年12月第1版 2020年12月第1次印刷
定　　价	42.00元